ILLUSTRATED BY 唐以姝

在不同城市

奋斗着的我们

停下来发呆

成了最奢侈的事情

在这里

却成了

最应该做的事

Jump
to the
life

9am-6Pm

By Mica Yao

跳起来就能够得到的人生

Jump to the life

姚竹 著

中國華僑出版社

目录

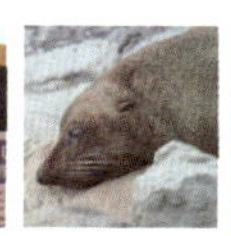

最大化、最多样化、最深度化的发呆

忘记的是工作，想起的是生活

夏季又过去了，我们还在冒充夏天那个清凉的自己，只可惜短裙下偷偷地套了黑色丝袜，薄薄的小衫外不得不套了件风衣。我走进五道营胡同里的某咖啡厅，使了很大的力才把门拉开，可一阵风吹来硬是把它又送归了原位，仿佛在告诉我：嘿，姑娘！您在北京，现在已经是秋天了。我再次吃力地拉开门走了进去，边揉着被眯的眼睛，边四处找约好的朋友。他坐在窗边，我冷得哆哆嗦嗦地走过去。服务员送上了热水，可还是无法驱走身上的寒冷。

尚未供暖的北京，11月是最为痛苦的。据说这个月份是情侣分手月，因为天冷了，心也冷了。似乎所有柔情蜜意的画面都应该出现在面朝大海、春暖花开的地方。

我缩成一团，眯着眼看窗外漫天随风飘落的枯叶，对面前的朋友道："我都忘了现在是秋天了，夏天总是那么快就消失，它属光的啊？"

"啊？"他一下蒙了。

我指了指被眯的眼，把头探到他嘴边："属性的属，光速的光！风一样的姿态，嗖嗖而去。"

他边帮我吹出了眼中的灰尘边道："播糠眯目。"说着指向我左胸的方向。

我下意识地猛退了回去。

他不屑地一笑："小心脏儿，你一说这样的话就是又想念新西兰了，你得爱国，老想那大农村干吗！"

"…… 大农村…… "我无言以对。

大农村，这就是很多周围朋友给这个国家起的代名词，即使我每次都要掰开了揉碎了，外加展示图片地告诉大家，在新西兰的城市里不是像你们想的那样，牛羊群满街跑的。

"不，不，我哪有不爱国，我想念新西兰纯属是想念一种生活状态。"我手舞足蹈地解释。

"什么状态？"他淡定地问。

我一时愣住了，张开嘴，加速地运转大脑，尽心竭力用最简单的方式去阐述我所想表达的那么一种状态。

我立直身子，深吸一口气："发呆！"

那两个字从我唇间钻出来之后，就遭到了一阵嘲笑和贬损。一个女孩去了新西兰那么多年，学到的生活状态竟是发呆？！

然而，这个形容很精准，那种生活状态就叫作“发呆”，不仅仅是状态，更加可以升级成一种爱好。我一拍桌子，一跺脚，一梗脖子，自言自语地道：“呆，就在那里，看你会发不会发。”

热水随着桌子的晃动溢出了少许。我们就像那溢出杯的水，时常会想找机会逃出杯边，不去为人解渴，而是肆无忌惮地找地方发发呆。

发呆真的不仅仅是梳着俩小辫儿，坐在院门口儿傻了吧唧地望天，而是在喧嚣躁动的社会，熙熙攘攘的时代去喘息，补充所需的氧气。

日程月课，我们拥挤在地铁的各号线路里。开了一条新的线路，我们就总是期待自己所坐的线路人可以少点，然而不管开多少条新线路，所有铁皮车厢里永远上演着沙丁鱼罐头的包装之法。清晨，只要一个不小心按下闹铃，就面临迟到扣钱的危机。惊醒后，双脚穿了不同的高跟鞋出门，自己却不曾意识到，连滚带爬地奔去公司。在手指靠近打卡机的那一刻，高矮不一的鞋跟突然使双脚失控，一个屁股蹲摔在地上。爬起来手指迅速按下打卡机，显示迟到一秒钟，如不想被扣钱，就必须把为何穿了不同的高跟鞋和摔倒向人事部解释清楚。工作中，恨不得自己是《生化危机》里被克隆的人，分别去见一至十号领导，去一至十号会议室开不同的会议，为一至十号的客户分别写出方案。回到家，各路亲朋好友关心我们的人生大事，为了逃避这些追问，我们恨不得要说自己是取向有问题。睡前上上微博，那里却都是在喊着失眠的人们，他们说，那是忙碌的惯性，一般会“惯”到凌晨三点，因此第二天的按下闹钟，迟到，解释，忙碌，如噩梦般循环。

每每此刻，我们就想清理下大脑内存，放空、发呆。因此，本着助人为乐的优良品质，我每年都会同几位在微博上喊失眠的朋友去新西兰发呆。

未知的世界里还有未知的世界，等待我们用时间去探究。

如果说可以让发呆最大化、最多样化、最深度化，那么新西兰这个国家再合适不过了。在那里来来回回的十余年中，我练就了一身多样化发呆的本领，近则在海边、在山头，远则在山谷、在湖泊。发呆的同伴，简称呆伴，也是不定式地随缘而现，也许是一只海鸟、两只企鹅、三只海豹，甚至也许是一个叼着奶嘴在我脚下练习爬行的孩子。

在我看来，放空便是发呆，而发呆未必是关闭大脑的运转，而是清除障碍物的过程，由此让它转得更快。发呆忘记的是工作，而想起的却是生活，是摸透自己、望清前方的一个利器，这些会为我的工作带来更好的帮助和推进。这样说来，钟爱发呆就不会显得我那么不郎不秀了吧。

发呆还有一些惦念与翻检，虽星霜屡移，可若每年都去同样的地方，我便会关注一棵小树年年的成长。每条在新西兰走过的路，满满的都是记忆，不管是面对着南太平洋还是眺望着南阿尔卑斯山脉，我都会想起那些人、那些事，那些曾经的愁眉与欢颜。

发呆是一件不管你与多少人在一起，只要戴上耳机播放一首你钟爱的乐曲，就可以从事的私密之事，随时可以享受与心独处的时间。

不得不承认，往往喜欢愣神的人，都是比较具有想象力的，随时或是回忆或是幻想地沉入思绪的海洋。

我决定再约那个朋友出来，好好理论下，我笃信“发呆”不仅仅是简单的两个字一个词而已。

笃信自己，不如笃信命运

Ocean，一个想让我去投怀送抱的单词。星座流行很久后我才听说，巨蟹座是属水象星座，这么说来，一切都应验了。我喜欢大海，喜欢亲近水，好主意、馊主意的灵感均来源于游泳、洗澡和泡汤的活动中。一天，我招待几位香港朋友，带他们去天安门看夜景，站在广场上，我仰望天空，假装能看到星星。心想，真的假的？喜欢海真的与水象星座有关？也许非也，因为我也曾经和朋友高谈阔论，摆出我自己的一套理论，女人多半喜欢海，男人多半喜欢山，因为女人喜欢唾手可得，喜欢海边恬静的生活。而男人喜欢挑战与追探，在山顶享受成功的喜悦。

人们总是试图去把某件事情想清楚，解释明白，然而往往都未能得到答案。

我始终认为世界上的一切事物都有它的生命与思想。除了人与动物之外，小到一个小螺丝，一支铅笔，大到一片海洋，一个国家。就像林语堂二女儿在《林家次女》一书中表达的那样，当我们坐在石椅子上，它们或许知道我们坐在它们的身上，然而它们还知道它们是把石椅子。因着“生命”，我们常常与人和物结缘，你认识了谁，去了哪里，坐在哪个办公桌前，用着哪台笔记本电脑，夜晚睡在哪张或者谁的床上，望着哪片云，都因缘而起。

20年前，在一次父母的亲友聚餐上，大家在讨论某某多么地有出息，去了某某国家。“出国”一词好像从那个时候开始特别流行。我清楚地记得，那天回家后，我边掏出没写完的作业，边笃定地对妈妈说：“长大后我才不出国呢！”然而，七八年后，我却踏上了新西兰的那片土地。每每家人提起那次的“绝不出国”的励志，我都多少有些脸红，因此在今后的日子中再也不会说“我才不会，我绝对不会”等类似的语句，因为我们永远看不到命运的下一页。我更笃信命运发放的缘分厚礼，反不笃信嘴皮子上那一时的坚定。

而我与新西兰结缘却不是因为大海，因为当我听到“新西兰”这三个字的时候，居然10秒钟之后才想起那是个国家的名字，可根本不知道它在地球仪的什么位置，不知道那里的人说什么语言，更不知道它其实是被南太平洋的大海环绕。其实这并不丢人，因为长久以来都会有人问我：“新西兰说什么语啊？”

在《十年飕飕》这部小说里，我们设计的是主人公班步因着对网友王萧冉的爱慕申请了去新西兰留学，然而说到我自己与新西兰结缘要比小说中的桥段更加戏剧化。

2000年，三里屯酒吧一条街极为火爆，除了是同事朋友的聚点，那里也算是游客的参观景点之一，然而我和闺蜜经常去的地方却是在新东路上的“88号”。从外面经过根本看不出那是个娱乐场所，除了两扇大铁门和一缕暗暗的灯光，没什么独到之处，然而打开门，里面则是一个精彩的世界。那里是由一对从澳大利亚回来的华人夫妻开的。据说两人以前在澳大利亚留学时都在酒吧打工，一人是调酒师，一人是服务员，回国后看好三里屯酒吧街，就在那里开了一间叫“白房子”的酒吧。他们把酒吧装修成老外喜欢的样子，音箱轻声播放着老外喜欢的电子乐，吸引了很多附近使馆的外国人和明星。实不相瞒，一次在“白房子”和闺蜜坐在窗边一桌喝东西聊天，不一会儿来了几个人围坐在我们旁边的四人桌，一看其中一人是景岗山，另一人更值得我尖叫，那就是天后王菲。她坐在背靠窗户的方向，而我坐在面对窗户的方向，那个年代还没有多媒体手机，所以很流行签名。而我却没有那么做，只是对天后摆摆手，她也冲我微笑了下，然后我和闺蜜继续聊天。酒吧里铺的是深绿纯色桌布，让人心境平和，一时间人人平等，不论肤色，不论地位。后来

这座小小的白房子光顾的明星越来越多，我还在那里见过吴大维、柯受良等人。据说“88号”就是柯受良与从澳大利亚回来的这对夫妻一同开办的。这里不是酒吧而应该叫作Club，每周都有专门从澳大利亚请来的DJ打House舞曲。进了门就像是出了国，外国人比中国人多。人群中混迹着大明星，他们与我们有着最近的距离，没人在乎你穿着如何个性与怪异，没人在乎你的身份高低、贫富贵贱。在那里，我曾见过穿着一身盔甲来跳House的人，我曾跳着跳着和陈小春、谢霆锋面对面微笑，顺便互相秀几下舞姿。Club的屋顶很高，底下舞池周围有几张木桌和长木椅，楼上一圈木质露台，楼上的区域比较安静，适合聊天。后来我和闺蜜摸到了规律，只要北京有任何演唱会结束，晚上来这里就能见到当晚演唱会的明星大聚会。果不其然，打着这个小主意，我们还在二楼见过周杰伦、林心如、李亚鹏和周迅。

然而，有那么一天，一个男人映入了闺蜜的眼帘。已经是夜里2点了，虽然“88号”里面还是人声鼎沸，但我们已经准备离开，出门瞬间，闺蜜猛回头，告诉我她看到一个男生非常帅，而他并不是某个明星。在闺蜜的怂恿下，我跟上她所谓的那个帅哥，并要到了他的电话，他还写下了他的英文名Patrice。他的样子看着不像中国人，但也不像外国人，中文说得不像中文，但也不像英文。我攥着纸条怀着好奇的心情正要走回去给闺蜜，突然有人拍拍我的肩膀，我转过头，有个男生在对我说着什么，音乐声盖过他的声音，只能看到嘴型。他又探身到我的耳边道：“我们请你和你的朋友喝酒吧。”我定神一看，他旁边站着Patrice，原来要电话的时候，我完全忽略了Patrice身边的朋友。闺蜜喜出望外地过来坐下，我却因主动搭讪为即将喝酒而担忧。我基本不喝酒，于是就骗Patrice和他的朋友Paul说，我只要一喝酒就要上医院，并严重到需要打120，还义正词严地给他们“普及”，这就是传说中的酒精重度过敏。他们没有逼我喝酒，现在想想不是因为相信了我编造的故事，而是尊重。

Patrice和Paul都是上海人，从小就一起玩，Patrice小时候就随同父母移民去了美国，所以他的样子和口音都很“ABC”，Paul则是一直在中国。两人趁着各自的假期在国内相聚，来北京旅游。

第二天我们一起去打保龄球，得知Paul正在申请出国留学，并刚刚被澳大利亚拒签。然而这并不是他第一次被拒签，他首先申请了美国，被拒签后申请了加拿大，最后申请了澳大利亚，这时他已经开始计划申请去新西兰留学了。当年“留学”这个词离我们很遥远，要说谁认识个在国外留学的朋友都要炫耀一番。Patrice和Paul在北京旅游的一周里，我们四个几乎形影不离，时不时地他俩就开始用英文打闹，让我一阵膜拜。从他们那里我听到了很多关于国外的故事，想象着国外的样子，并渐渐对那样的生活体验有一些向往。

Patrice和闺蜜两人情投意合，如胶似漆，打下了良好的感情基础，而北京的旅程要结束了，他们即将面临北京与纽约那跨时差的爱恋。

闺蜜在那一周里幸福地胖了一圈，而我的心里却是被点燃了一簇小火花。最初，我并不是想去国外好好学习天天向上，也并不是为了赶时髦，而是真的因为“坐”过“白房子”，“跳”过“88号”，“聊”过Patrice和Paul后，想去体验走出去的生活。我没去设想那是好与坏，悲与喜，我相信那会有“不同”。

Paul回到上海后，我联系上他，希望和他OICQ咨询下申请留学的事，他热情地答应，并建议我用ICQ。对着满是英文菜单的ICQ，Paul告诉我，他之前的几次拒签是资料准备得不够充分，再加上留学热潮时期，一些国家会比较难申请，建议我干脆直接选择新西兰。没过几周，我去中介看了段新西兰宣传片，听了一场讲座。片中的旖旎风光深深地吸引了我，成为我选择去新西兰留学的第一理由。

然而，相信这本书出版前，我父母是不知道这秘密理由的，如果当时说出来，就会被认为是打着留学的名义去旅行，还没被签证处拒签，就得先被父母拒签了。

友谊是一生的财富

开始办理签证才知道，原来有那么多人在申请出国留学。我们正处于留学的Booming时代，而因为教育质量高、汇率低、拒签率低、景色美等诸多原因，大家纷纷向新西兰进军。以至于新西兰Unitec理工学院把自己的语言部直接开设在了中国，正在办理和等待签证的同学可以在这里提前开始学习英文，熟悉学习方式。语言部设在了北京，老师、教材、录音带、借阅图书，应有尽有，学校里还设有小小的专属图书馆和影音室，学校有宿舍，其他城市的同学都可以住在那里，只要进了学校的门，就只能讲英文。为了营造新西兰的生活氛围，学校还给我们运来了很多那里的零食、饮品和水果。

新西兰的大学和学院都有自己的语言中心，班级一般分为五个等级，我是从Pre-intermediate（预备中级）班开始读起的。学校希望我们升入主课后可以顺畅地融入到课堂中，因此对英文的考核非常严格，很多同学都会不及格，需要一个级别读两次。我那时候铁了心要好好学，借用着中国足球的口号，要努力冲出亚洲。几个月就升到了Upper-intermediate（高等中级）班。2002年4月我的签证已经通过，可我决定在北京读完高级班再过去，预计在9月左右，这样就有充分的

时间做心理准备和整理行囊。然而计划永远是改变面前的失败者，谁想到4月的考试只有我一人升入了高级班。长着小胡子的校长Frank和我商量，能不能去新西兰继续读高级班，这样学校就不至于为我一个人而开设一个班级，把一位高级班老师"运往"中国了。没办法，虽然是高等中级班水平，但口语还是达不到谈判级别，若是回答No，那解释理由也说不明白，只好说了Yes。我被校长摸着头，一个劲儿夸我是个Good Girl，头发都被他摸得起静电了。

我一下忙了起来，新西兰的语言班开学是在10天之后，也就是说一周后我就要离开中国。虽然早就得知Paul已经落地新西兰，有人能照应下，但心里仍然在打鼓，一开始是立志要打一场有准备的仗，而到最后却什么还没开始准备。一周里需要订机票、买行李箱、准备行李、订住所、和朋友告别、换外汇、开旅行支票。

一周里，除了行前准备，我把更多的时间奉献给了亲朋好友，就连早餐告别会都安排满了。那几天总会和朋友开玩笑说，目前只有早餐有时间一起吃个饭告别了。再挤就是晚上睡觉时间，一起睡个告别觉了。我兵荒马乱地把所有事情都处理好，行李也自认为整理得不错，虽然托运限重是22公斤，可我却成功地打包了50公斤的行李，除了衣服鞋子外，还有英文图书、字典、彩色A4纸、文具、牙膏、洗发露、浴液、香皂等非常占重量且完全没有必要带的东西。我把所有占重量的东西打包在手提行李和双肩背包里面，虽然看着不大，但比托运的还重，这样就可以保证托运行李不超过限重。

来不及哭，便与父母告别，急匆匆地打了辆出租车，留下一句"我先走了啊"，便上了车。后来妈妈说，那句话听上去好像是晚上还会回来似的。原来，那一刻对另一个世界的期待甚至大过了亲情。

临出发的前一天我去主持Clean Clear的活动【Clean Clear（可伶可俐）公司在西单做的一场推广活动，我担任本次活动的主持人】，那天正好有个游戏环节，是邀请观众上台，讲述除了洗面之外自己独立完成的青春三部曲故事。有一个女生踊跃地上台告诉大家从调研留学信息，决定出国，到办理签证，都是她自行完成的，这是她独立完成的三部曲。我稍有预感地问她准备去哪个国家留学，如我所料，果然是新西兰，我当即放下麦克风，用一秒钟时间在她耳边快速地告知，我也要去新西兰。她惊讶间，我已经拿起麦克风继续活动，并邀请其他观众上台。互动结束后，我刚一下台，她居然出现在我面前，原来她一直在台边等我，就这样我在出国前的一天，又储备了一位异国土地上的好友。她那时才刚刚高中毕业，扣边头的她给我留下一张小纸条，上面写了她的QQ号，她叫Sammy。

写有SammyQQ号码的小纸条伴我飞过海洋，谁曾想到，在推广活动台上匆匆相遇的我们，却成了彼此在异国的亲人。8年后在北京，她精准地掠夺走了我最后一次做伴娘的机会，陪着她走过幸福的红地毯。

一位朋友曾在微博上发了一张自己3岁女儿和其他小朋友开心玩耍的照片，附言给女儿道："宝贝，友谊将是你一生的财富。"

短的是旅行，长的是人生

抵达首都机场，我首先要面对的是如何把50公斤行李带进海关。

入关的地方满满的都是人，排了一个多小时才抵达关口，海关人员在我的护照上重重地盖了章，那就像是我与那个国家缘分的约定，更像是新生活的开始。人生道路如果一成不变，我们一定会对风景产生审美疲劳，因此，一定要去遇到一个红绿灯，停一下，思考一下，决定拐个弯，去看看另一条路上的风景。

安检时，机场并未对手提行李和背包的重量进行称量。于是我就这样顺利地上了飞机。

当年新西兰航空公司还未在大陆与新西兰之间开通直航，我们的飞机是在香港转机，从北京飞香港，行李重量的检查并不那么严格，然而到了香港，我却遭了殃。办理好转机手续，才坐稳不一会儿，就有一位讲着一口蹩脚普通话的地勤人员向我走来，怀疑我的手提行李超重，并需要称量。这才意识到她在暗处我在明处，她一定是亲眼看到我把手提行李拖到登机口的惨状，虽然行李箱有轮子，但对于一个女孩儿而言，依然需要一定体力才能拖动。我本以为出了北京海关就安全了，所以放低了防备，没想到就此被擒。地勤人员要求我补交行李超重费，记忆中是上百美金，这够我在新西兰一两周的房租了，我怎会同意？于是我就装可怜说自己身上没有钱，还装听不懂她讲的普通话。我那会儿恨不得自己是“扣边学生头”以便博个同情，太极打了20来分钟，已经到了登机时间。我站在那里双手放在腹前，半弯着腰把地勤人员当老师地保证，下次再出国一定不带这么多手提行李了。也许是我当时看起来真的很可怜，也许是地勤人员耐心不足，当然更可能的是新西兰航空不希望因为收不上来超重费而造成飞机晚点，于是，我最后一个登上了飞机，并由两位空嫂一同帮我把手提行李抬上行李架。

第一次出国，第一次坐国际航班，看什么都新鲜。放好行李左看右看，我对飞机上的空嫂和空叔特别不解，国内航空都流行俊俏的空姐和帅气的空哥，怎么轮到国际航班，七千多买的单程机票，服务的却是吨位看似过200斤的叔叔嫂嫂呢。然而，叔叔嫂嫂们都是蔼然可亲，善气迎人，有的还会说一两句中文，时不时会对我们送来微笑。

我在办理登机时特意要的靠走廊的座位，为的是长途十几个小时飞行，可以站起来疏通筋骨。坐在我旁边靠窗的是个亚洲男生，个子高高，皮肤黝黑，看上去可能也是个中国学生。

所有乘客系好安全带，空嫂坐回到她们的位置，飞机开到跑道准备起飞。高速滑翔后飞机离开地面，冲向空中，那一刻长长的旅途开始了，长的不只是十几个小时的飞行，而是“十年飕飕”的人生之旅。

短的是旅途，长的是人生。这样一想，这长途的飞行似乎就没那么煎熬了。

贴心的空嫂先是送来饮料，没一会儿就开了餐，远远地，我看到空嫂推着一车丰盛的餐品，胃跃跃欲试要跳出喉咙，喉咙不让，堵住了胃，哈喇子就是它们血战的结果吧。食品车渐行渐近，我伸着脖子向车里张望，当即就下了“国际航班有大餐”的定义。

把50多公斤的“货物”挪到飞往南半球的飞机上，我已经筋疲力尽，是该慰劳一下我的小身子骨了。餐车推到我面前，我恨不得喊空嫂一声亲爱的阿姨。亲和的空嫂把食品一样样摆放在我面前，前菜、主菜、甜点、水果一应俱全，满满一小桌板。我点了杯橙汁，一口干了下去，第一次体会到了新西兰的“纯”度。旁边的男生一直也没和嫂嫂交流，要什么都是指一指，看样子他是一点儿英文都没学，全准备去了新西兰再猛攻啊。这不稀奇，因为去新西兰上学一直都不需要事先考雅思。

肚子虽然已经饱饱的了，但还是给甜品留了些缝隙，纯正的芝士蛋糕下肚，化作一丝甜意。孤独飞行中，最幸福的时刻就是开餐的时候了。偷偷观察，大家都吃得津津有味，满脸写着满足。正观察着，穿着马甲的空叔已经把一车酒品推到我面前，白红葡萄酒、鸡尾酒和啤酒任

我选择。那时候，我还不知道新西兰的葡萄酒多有名，只知道金汤立在“白房子”和“88号”的价格不菲，因为是一盎司的金酒加上一杯汤力水，曾经喝过几次，对我这个不怎么喝酒的人都没任何作用。我如同在空中的酒吧，细细品味杯中的美酒，戴上耳机听着美妙的音乐，很快一杯金汤立就喝完了。空叔正好又把酒品车推到我面前，于是当他热情地邀请我续杯的时候我同意了，能用鸡尾酒把自己灌醉也算是本领了，更何况如果能睡着，漫长的飞行一闭眼一睁眼不就飞完了嘛。干完第二杯金汤立，我努力地想睡去，但却事与愿违，毫无困意，兴奋中承载着对未知世界的期待、对异国生存的担忧、对家乡的想念。

机舱灯光渐渐暗去，空嫂发来了入境表，我拿出笔开始填写，而旁边的男生却对着入境表相面。我当时猜他一定是没有笔，还准备自己填写好后把笔借给他，然而他却主动和我说话，并直接用中文试探地问我：“你是中国人吗？”原来他真的是一点儿英文都不懂，希望我可以帮他填写。我当然乐意在空中弘扬助人为乐的传统美德，填完自己的，就要过他的护照，以便填写信息。因为航班信息都是相同的，开始便先对着已填写好的表格照抄，结果一个走神把自己生日也抄上去了。众所周知，英文的日期是先日子，再月份，再年份，我已经抄到了月份，突然“哎呀”一声，正准备向空嫂再要一张新的表格的时候却发现，他护照上的年月日和我一样，我以为自己“穿越”了，定神一看没错啊，护照是他的。我又以为自己喝醉了，半信半疑地指着护照问：“这真是你的生日？”当时人家一定以为我是神经病，写在护照上的出生日期怎么可能是假的！他肯定地点点头，并连声道谢，我兴奋地告诉他，我俩一天生日，并且是同年同月同日生。

我当即以为我又攒了一位新西兰留学路上共同奋斗的好友，然而并非如此。他来自山东的一个小城市，虽然拿的是学生签证，但其实是去果园打工，签证过期后就准备“黑”在那边，因为母亲生病了，需要相对高昂的持续收入，只靠家里种地，不足以支撑医药费。于是弟弟留在老家，他就出来打工。听到这些，我有些压抑。

未知的世界里还有未知的世界，等待我们用时间去探究。那一刻我相信，还有无限不为我所知的需要我去慢慢体会和经历，或是霞明玉映，或是艰深晦涩，却都是一段革旧鼎新的体验。

窗外有晚霞。听后排的几位中国乘客讨论，飞机好像已经飞到了大溪地附近。几个小时了，我还没去一下洗手间，便想起身顺便在洗手间边的舱窗看个风景，不站起来不要紧，刚一起身便有点头重脚轻的感觉。可我极其清醒，料到一定是两杯金汤立入肚起了作用。我扶着每个椅背慢慢向前走，加上飞机在轻轻摇晃，更加难以掌握平衡，好不容易才抵达洗手间。又用了一分钟，一步步地挪回来，我顾不上保持形象，相信看到我的人都能看出来我是喝多了。那是我第一次，也是唯一感受到醉酒，当然这不是因为我能喝，而是再也不敢喝了，变成了“纯种儿”的滴酒不沾。

后来猜想，也许是因为飞机上和蔼的嫂嫂和叔叔为了让乘客更加地享受，本应该给一盎司的酒可能会给多一些，而之前在酒吧喝，老板则为了节省成本，都会少加些酒，多混入汤力水。

拉起窗板，机舱外已是白天，我们飞在云层之上，即将穿过挡住另一个“世界”的面纱，穿过云层，奥克兰就像一张手绘风景画展现在眼前。方方正正的稻田绿油油的，远处的大海映照着阳光，有些晃眼。趁着飞机下降，我和旁边的山东男生告别，祝他打工顺利，母亲早日康复。他不会上网，也暂时没有新西兰当地的联系方式，所以从那以后也没有了任何联系。

每个人的人生都是变幻莫测的，那天他是个新西兰的黑工者，而今天他也许已经在新西兰娶妻生子，移民那里了，或者他赚够了钱，母亲也康复了，回归家乡与亲人重聚了。

量变导致质变，“量”是时间，“质”是人生。

怪胎在新西兰破壳而出

旅行箱里的家

为了节省房租，初到新西兰的我并未选择住在Homestay（寄宿家庭），而是在出国前的一周，急匆匆地在Skykiwi的论坛里找了个合租的地方。虽然离学校近，但条件很差，一栋房子里住了很多华人学生，厨房乱得像刚被打劫，屋里没有柜子，行李箱只能“躺”在地上，担当起衣柜的职责。整栋房子只有一个洗手间，去厕所的时候需要自带手纸，一旦忘了，那可就惨了。与我合住一间屋的女孩也来自北京，可看到我后并非那么亲切，也许是因为奥克兰的华人非常多，所以见到同胞就没有两眼泪汪汪的感觉了。

一周里，我忙着去学校报到，购买新书，找接下来的住处。与此同时，也创下了一生的“魔鬼饮食记录”。每日早上牛奶面包，中午白水面包，晚上一袋方便面，外加两片面包，这应该算是最便宜最方便的食谱了。

华人报纸都是免费取阅的，一般可以在华人超市、中餐馆门口找到。上面有很多豆腐块广告，卖二手车、租车、找工作、征婚等信息应有尽有。新西兰地广人稀，面积与英国和日本相似，却只有400万人口。很多大学和学院的占地面积都很大。比如我报考语言的Unitec理工学院，校内需要坐车，有好几个大门和很多小侧门。熟悉了学校的地形，我便在报纸上认真翻看，找到了离学校侧门比较近的一间合租房。和上次群租不同，这是个两室一厅的Unit，一排三户人家，每户有独立的户主。出租这间屋的是二房东，她是个温州女孩，来新西兰半年了，在City（市中心）上学，叫Grace。她热情亲和，贤惠大方，虽然我不是来娶妻的，但有个志同道合的合租伙伴，是人处异国保持健康心理的因素之一。交了两周的押金和两周的房租，我便去告知群租室友，我找到了新住处，住完本周就搬走。行李统统在行李箱里，也没有什么好准备的，那一刻其实有些失落，望着一个大行李箱，一个拉杆箱，一个双肩背包，心想，这就是我的家，旅行箱里的家。

Grace除了温柔贤惠，还能说会道。虽然只来了半年，却对奥克兰本地的生活了如指掌。她就像是上帝在奥克兰为我准备好的生活圣经，完全胜任“新西兰生活手册”的称号。

新西兰的房租是两周一付的，我的房子是每周100新西兰元，当时约合400元人民币，一般大房东都是包水费的，电费、电话费和网费我们均摊，核算下来也不贵。

出租的房间没有家具，于是Grace就带我去了附近的家具店选购。我当真是来留学，而不是来享受的，于是只选了个稍厚的席梦思床垫。新西兰的房子一般都是铺地毯，睡在离地面比较近的地方也很舒服，于是就这么决定了。第二天，我提前预订了出租车，拖着三件行李来到新家。Grace已经去上课，客厅收拾得很干净整洁，进入我的房间，里面插有一个电子熏香，房间里弥漫着清香，纱帘落下，厚帘两面卷起，可以看到她迎接新房客的用心。这里虽然是一座几十年的老房子，但却无处不透出一丝温煦。我正在欣赏房间，送床垫的员工准时抵达，英文说得跟外国快板似的，我完全听不懂，就只好对新西兰帅哥笑脸相迎，感谢他帮我把床垫搬进房间。第一次和外国人单独处事，我感到既兴奋又紧张。我把他送到门口，重复着“Thank you”，弄得人家小伙子最后脸都红了，憨笑着上车“逃窜”。我回到房间，四爪伸开躺在床上。正与这张在新西兰结缘的床亲密接触时，又有人在外敲门。我赶快跑到客厅去探个究竟，又一张一模一样的床垫立在门前，员工从大大的床垫后探出脑袋道：“Hi！”我急忙想解释，员工却热情地把床垫往屋里搬，问我要放在哪里。别看我英文已经考入高级班，但想和外国人讲明白一件事情，还真没那么容易。他抬着床垫，我就努力地跟他解释说，刚才已经有人送来一个了，你不用再给我了。可他觉得我是在说天书，放下床垫，看看手中的订单，肯定这就是我的床垫。我只得带他来房间看，手舞足蹈地继续解释，可他还是不明白我说的，突然一下恍然大悟，冲到客厅把床垫搬到我房间，和第一个床垫摞在一起，正好成了一张床的高度，最后他还拍拍我的肩膀道：“Good idea！（好主意！）”说完便匆匆离开。我追到门口还要解释，他上车，冲车窗外喊了句：

“Have a good dream tonight.（今夜好梦。）”我的个老天，难道我的英文只限于与学校老师交流吗？我这才终于意识到，除了单词量，正确的英文表达方式也是极其重要的，听不懂是小事，万一表达错误还会冒犯对方。

晚上Grace回到家，我领她到我的房间，她一看道：“哎？怎么换成张床了？”我撩开床单给她讲述了我的“遭遇”。我本想着如果第二天家具公司发现送错了货，一定会找回来，这样我便可以顺利地把床垫退还了，然而家具公司却一直没有找来，我打过几次电话也没说明白。把这件事情讲给同学听，她们劝我既然如此，就当是初到新西兰收的见面礼吧。它的用处还挺大，有时家里来了朋友，我们就搬一张放在客厅，把客厅变成客房。在新西兰的日子里，这对双胞胎床垫一直跟着我，如亲人般不离不弃。

Grace心灵手巧，会做一手好菜，住进和她合租的房子，我的伙食不但解决了，还免费进修了她的厨艺课程。每天下学我和她一起洗菜切菜，看她三汤两割，有种前20年白活了的感觉。

记得出国前几个月，家里来了亲戚，妈妈让我去厨房多拿一双筷子，没想到3分钟过去了，我却没找到家里的筷子放哪儿。出生在北京，生活在北京，虽然小时候的条件不是那么好，但20世纪80年代独生子女的我，仍然享受着公主的特权，别说做饭，就连倒水、拿碗筷都是家长代劳。

看着Grace在电炉上大展拳脚，我也暗自立志要成为一名合格的小厨师。一天Grace和同学去吃饭，给了我自己下厨的机会。拉开冰箱门，一袋扁豆向我飞吻，那可是我最爱吃的，我毫不犹豫地把它拿出来。虽然不会做饭，但择扁豆可是从小就会的手艺。忙了好一通，扁豆也没炒熟，只好送给垃圾桶当礼物，自己继续啃面包了。我刚把面包从冰箱里拿出来，就有人敲门。打开门，门前站着一位胖乎乎的老奶奶，手捧一个蛋糕，我一下蒙了，这不会是上帝知道我今天没了晚饭，化身成老奶奶给我送饭来了吧。原来，她是我们的邻居，最近看到我经常出入这房子，知道一定是新搬来的房客，所以特意做了蛋糕，来向我问好。我赶紧请老奶奶进屋，并给她泡了一杯从中国带过来的茉莉花茶。老奶奶给我全面地介绍了附近的超市、邮局、银行，细致到开门和关门时间。除此以外，还告诉我新西兰的垃圾如何分类，每家有三个垃圾桶，一个装生活垃圾，一个装可回收垃圾，另一个装树枝、草叶等，每周固定时间垃圾车会经过一次，我们需要事先把垃圾箱推到路边，如果分类不标准，垃圾车就会拒绝收走，那就只能臭到下周这个时间再一起倒了。虽然这些Grace已经告诉我了，但我还是津津有味地听着，不忍打断她。

老奶奶走的时候，让我再拿出一个盘子来，用铲子把蛋糕挪到我的盘子上，拿走她自己的碎花瓷盘。她说因为那是她最喜爱的盘子，所以不能留给我。新西兰人就是那样本真与率直。住在那边的日子里，我和Grace也经常会去老奶奶家串门，送上我们做的中国餐。有时满是辣椒的饭菜，会让老奶奶惊魂一夜，据说她吃完后一夜都没睡着觉，不是因为太香，而是因为太辣了。

“怪胎”的必经之路

几个月来，我一直被Grace嘲笑，直到……

那天我从中国背来的浴液、洗发水、牙膏以及香皂终于全部用完

了。Grace为此特意做了顿清蒸笋壳鱼，对我表示衷心的祝贺。事实上，这些从中国背过来的占重量的消耗品，在新西兰的售价，折合成人民币后和在中国买差不多。被嘲笑的事，远远不止这一桩。

刚刚出国，我们把当地人当“怪胎”，当地人把我们当“怪胎”，是一个必经的过程，这也就是俗称的Culture Shock（文化冲击）。就像是一杯奶茶，他们是奶，我们是茶，经历了搅拌才是奶茶。

在新西兰，家家都有热水，不需要惦记着提前打开热水器开关，或出门前惦记着关掉煤气。让我最为惊叹的是，不管是在哪里，都能看到人们打开水龙头就喝水，开始还觉得这里的人怎么那么不讲卫生啊，后来才知道，原来这里水龙头里的水是可以直接喝的。Grace和我都没有喝冷水的习惯，所以她特意提醒我，水龙头里的热水是不可以喝的，因为多数的热水罐都不是按照饮水标准设计的。

从做饭到吃饭，再到收拾碗筷，是留学生活中最放松的时刻。这并不是因为其他时间都在忙着啃书本，而是因为在忙着了解和融入这个社会。

饭后我们坐在客厅的沙发上稍事休息，多半是听着Grace在讲学校的各种趣事。

之前她上的语言学校里，有个女同学中午用水龙头里面的热水泡咖啡。虽然家里都是用热水壶烧水，但那个女孩觉得费电，又不想接水烧水那么麻烦，听说水龙头的水可以直接喝，所以就这样做了。这个习惯带到了学校，多亏一天正好被Grace看到，才得知水龙头的开水不能直接喝。她告诉Grace这样的糗事已经不是第一次发生了。她刚来新西兰的时候，和同学一起去参加家庭聚会，房子是几个男生合租的。她去完洗手间那一刻才发现，洗手间里没有纸篓，最后只得把换下的卫生巾用手纸包裹好，放进裤兜，糗到了极点。后来才知道，在新西兰手纸都是习惯于扔进马桶直接冲掉的，因为那房子是男生合租，所以卫生间里根本没必要放纸篓，那之后她出门都会随身带个卫生袋。

那日的“每晚一囧”之后，迎来一个新的周末。那时的汇率一直在涨，我决定提前把下学期的学费汇来。可在新西兰，大部分的银行周末都不开门，只有一些购物中心和City的银行会开个一天半天的。我只得早早回了房间，研究第二天去City的公车表。新西兰什么都是按规矩办事，严守时间，唯独公车不同，虽然是有着看似严谨详细的免费公车表，但却常常不能按时等到。从等车到成功上车，少则10分钟20分钟，多则一两个小时也不是没可能。不仅仅是周末，平时坐公车也是要看时间表的，所以在新西兰就有种说法——没有车就等于没有腿！来久了的同学也会提醒新来的同学，尽快找个“车夫”，所谓“车夫”就是找个有车的男朋友。一声叹息，虽然二手车很便宜，可学费还是满打满算。处于Baby Fat（婴儿肥）时期的姿色，我也没觉得能碰到眼光独到的“车夫”。

第二天睡醒，在经历了40分钟无奈的等候后，我终于坐上了通往City的车，坐在车里我依旧是怪胎般地好奇。每个要在下个Bus Stop（小站点）下车的人都会拉一下座位旁边的绳子，司机会收到信号，便会在下个站点停车，如果没有人拉绳子，小站点也没有人等车，那车子就直接开走了。新西兰的公车大部分都是奔驰，看着霸气坐着也舒服，因为是周末，每个站点基本都没什么人等车，一路狂奔，很快就到了终点站——市中心。

从换汇公司取出1万多新西兰元的现金后，我抱着书包快步向银行赶去，生怕从街头走到街尾会有什么闪失，只有10分钟的路，却感到长路漫漫，脑海中开始飘过一幕幕持枪抢劫的画面。猝然间，我好像被什

3
3A
NO JUNK MAIL PLEASE
87
23
82A
61

么东西撞了下腿，差点摔倒，手中的包不小心掉在地上。我赶快捡起装有现金的包，抱紧在怀中，恍惚地回头看过去，人群中没有任何异常。我捏了捏包，钱还在。我纳闷地转回头，刚才撞到什么了？正在琢磨，一个三四岁的小朋友从后方跑到我面前，停住。他长长的睫毛绣在蓝色的眼眸外一眨一眨，仰着头对我道："I am sorry!"我一下愣了，还没来得及回应，小孩就跑回去了。许久我才意识到，原来刚刚是他撞到我，这是特意跑回来道歉的。虽然我被吓了一跳，但小朋友真诚的歉意却很感人。再一想，我又是一阵内疚，要是早反应过来，跑回去说声"对不起"的人应该是我。也许他们并不在乎谁先对谁说"对不起"，甚至并不会计较谁对谁错，谁先撞了谁。

周末银行排起了"长队"，每队有四五个人，但看起来还很长，因为人与人之间大概都保持了半米的距离，我也学着他们排到一位老爷爷的后面。刚站好，他就回过头，只对我说了一声："Sorry！"这一声Sorry我又蒙了，难道是我的站位有何不妥？是不是离他太近了？我赶快往后退了退。紧接着我就闻到了一股浓厚的沼气味，原来是老爷爷放了个屁，表示对我的歉意。他又回过头，看到我已经后退了，更表歉意地道："So Sorry！"我赶快回应，"No worries！"为了表示对他歉意的真诚接受，我又往前站了一步。

几分钟过去了，队伍一点儿变化都没有，这是预料之中的。在新西兰，柜员一般都会和每个人聊上几句，如果存个上千元，通常就会被惊讶地问到，你怎么会有这么多钱啊？这些钱是准备买车，还是交学费啊？看似是在打听隐私，其实是种表示亲切的交流方式。窗口里的柜员正在一张一张地为顾客数现金，新西兰的悠哉数钱方式是一手握钱，另一只手一张一张地把钱放在桌面上数。第一次看到我觉得很惊讶，这要是数个几万可怎么办啊？后来才了解到，原来就算小卖部儿也都可以刷卡，所以人们身上基本都不带现金。再说新西兰都是周光族，柜员哪有机会在窗口数上几万现金啊。突然想到，我这手里就攥着一万多呢，心生怜悯地差点提议后面的顾客去另一队排。这时，一位工作人员走向我们的队伍，分别问每位顾客是办什么业务，我告诉她我要存一些现金，她带我出了队伍。我以为她要为我单独办理，可她却是把我领到Deposit Box（存钱箱）前，其实从外观上看那只是一个投钱口，类似于公司年会抽奖箱上的投名片的口，虽然是镶在墙里，但后面是盒子还是保险箱都说不定。她让我把心目中的巨额学费放入透明的存款塑料袋，在上面写下我的账户姓名、相关信息和存款金额，然后像投名片一样，投进那个口。不知道会过多少个小时，有专人会把所有袋子取出，然后一一帮助存入。

我尝试着去信任，怀着忐忑的心情从银行出来。

路上我一直在走神，多少还是担心这笔存款的去向。走到一个没有交通灯的人行横道，我下意识地停下，先是往左看，一想，不对，新西兰是在路左边行驶，赶紧又往右看，果然一辆车正驶来。我乖乖站在原地不动，等车开过，然而车子到了人行横道却也停住，我们就这样僵持了几秒钟。我这才想起来了，没有红绿灯的人行横道，必须是车让人，我边跑过人行横道，边向车内的司机表示感谢与歉意。

第二天我去家附近的ATM查询，钱已经一分不差地到账了。我漫步回家，突然间觉得，在这片天空下，自己就是一个“怪胎”。可一切悲观的、消极的，甚至邪恶的都是我假想出来的，其实邪恶的那个，是我自己。

以前人们常说，害人之心不可有，防人之心不可无。可换一个角度去想，如果放下防人之心，生命会更加悠然。

走在路上的时候，我看到一只正在路边散步的海鸟，它扭着小脖子看向我这个“怪胎”，好像正期待我在这里学会真正的信任，就像我走过它身边，它相信我不会去伤害它一样。

后妈与后爸的传闻

一切都安顿好，我才上ICQ向在北京“88号”认识的Paul问好，告知我已经到新西兰了，他热情地邀请我去他家做客。

他一直住在Homestay，也就是寄宿家庭，那里包早晚餐，价格比租房要贵，一般是每周200新西兰元左右。一开门，他和寄宿家庭的男女主人就送来了热情的拥抱。这是我第一次走进外国人的家，家中装修得很别致，客厅的一整面壁柜里都码放着艺术瓷盘，通往卧室区域的走廊上挂着夫妻的照片，居然还有一张是Paul和他们的合影，看上去就像是一家人。

Paul端着为我准备的各式水果，带我来到了他的房间。房间不大，但是温馨整洁。我所看到的这一切和我所听到的简直是大相径庭。还没到新西兰的时候，在华人论坛里看到很多同学抱怨Homestay，不但贵还多么多么不好。女人往往总是会去相信耳朵听到的，却耐不住性子去等待看到的。

Homestay的男女主人一般都称之为Home Mother和Home Father，中国学生叫多了，就成了：“后妈，后爸。”

我们盘腿坐在地毯上，我道：“有关‘后妈和后爸’的传闻，就跟《白雪公主》里的皇后和《蓝精灵》里的格格巫一样邪恶。”

“开始我也是这么听说的，做好了一系列需要斗智斗勇的心理准备。”Paul说着喝了口水，有种要娓娓道来的架势，“‘后妈’每周都为我换床单被单，有时周末会带我去郊游，墙上的照片就是一次旅行中拍的。他们不准备生孩子，于是就把Homestay的同学当自己的孩子，时不时还会给我20块的零用钱。可刚住进来的时候，我真的特别不习惯，因为每天对着西餐的烤土豆，看见就反胃。”

“哦，所以网上流传，在‘后妈后爸’家吃不饱。”我恍然大悟。

“‘后妈后爸’的谣传确实有很多误解，他们不让我们长时间上网，是为了我们能保证良好的时间分配，专心投入学习。不让打太多的电话回中国，是为了帮我们努力克服Homesick（思乡症）。”

聊了一会儿，“后妈”喊我们出去吃饭，果然又有名不虚传的烤土豆，我看Paul现在吃得很Happy，不但没觉得难以下咽，反而乐在其中。处于任何新的环境，我所能改变的只有自己。适应新的环境，接受新的思维方式对我来说迫在眉睫。

饭后，“后妈”要求Paul来洗碗，我便帮他一起洗。Paul告诉我之前因为这个，他还和“后妈”吵过一架。他说自己交了钱，就是包吃包住，怎么能让他干活呢？而“后妈”却说，这些钱是用来替他父母培养他的，帮助干些家务是对独立能力的训练。那时Paul才到新西兰，英文不好，也理论不过“后妈”，只能对此暗气暗憋，并拒绝做家务。但“后妈后爸”还是一如既往地把Paul当自己的孩子看待，对他和往常一样关怀备至。渐渐地，他才理解了“后妈后爸”的一片苦心。Paul准备一直住在Homestay，因为既能锻炼英文，又能有家的感觉。

不过，后来我也听其他同学说过一些有关Homestay的事情，有的家庭收好几个寄宿学生，为他们单独买了冰箱，里面提供了一些便宜的食物，而自己家人的冰箱则在另一处，并上了锁。有的寄宿家庭是单身老人，为了摆脱寂寞而招收学生，结果谣言就转变成了，某某同学住进了高龄的“唐僧”家，结果学习时间全部被无情掠夺，取而代之的是无穷无尽地用英文“侃大山”。就这么传来传去，于是就有了论坛里有关“后妈后爸”的传奇故事。

每个人都拥有不同的性格和举止，文化差异下，人人都是怪胎，因此我们才有了那些迥异的体验。我试着去调整自己，适应新环境。留学不能太纯粹，如果说只为了一张毕业证书，或一份回国后的好工作，那未必太不豪情壮志了。

对我，这是一次稍长的旅行，这不是穷游，不是高端游，也不是打工旅行……

与法有关的历程

挑战裸体海滩

语言通过，上主课后，课程时间就可以灵活安排，每门课有两三个时间段可选择，每学期有三至四门课。我便把它们集中排在周一到周四，这样每周都是三天的周末，可以边上大学边旅行。可这说来简单，执行起来却很难。刚刚接触主课，有太多的书本要看，太多的论文要写，还要打工。这样时间就被强烈地压缩，周一到周四疯狂地忙碌，上课、泡图书馆、打工，每天只睡四五个小时，可白天也没觉得困。

本来幻想上主课后能认识几个法国浪漫男、德国严谨男、韩国有型男，回头约着一起去旅行，远了不说，每周末来个市内游也不错。可事实总是摧毁我的幻想，由于当时是中国的留学Booming时期，满眼望去整个班级都是亚洲人，其中有百分之九十的中国人，当中有一点儿黑色的肤色，是一位印度同学。边练英文边旅行的拉风幻想破灭，却结识了几位没有“车夫”的女同学，约着周末一起市内游。

刚到新西兰不久就听说，这里被海所眷顾，从任何一个地方到有海的地方，开车都超不过20分钟。而我们这个无“车夫”团，惯去的海边就是Mission Bay，因为这里离市中心很近，公车多，交通方便。

夏天的Mission Bay更是一幅其乐融融的景象。太阳把海水照成宝石蓝色，海湾斜对面的市中心清晰可见。人们把剩下的面包扔给海鸟，它们三五成群地聚过来抢着吃。我们几个走在沙滩上，像是在巡逻。海滩上美女成群，经常看到一排美女穿着比基尼趴在沙滩上晒日光浴，一排丰满的屁股映入我们的眼帘。在距离Mission Bay不远处的Ladies Bay还有个裸体海滩，所有人从小山上下到海滩边，都会在那里享受紫外线的全方位沐浴。我们几个怀着好奇的心情，也溜达到那里。Ladies Bay的牌子在眼前，阶梯在脚下，同学说“楼下”可不能只看不脱，要是下去就得入乡随俗。想象一下，海滩边全是享受360度无死角阳光浴的人们，到时候要是不脱，不好意思的反而是我们。在台阶上，我们上上下下两三次，还是没能鼓起勇气，只得走回头路，回到Mission bay边的咖啡厅休息了。

去Ladies Bay的目的其实就是想探个究竟，难道裸体海滩大家真的要脱光光、晒美美？可到了入口处大家都没了胆量，因为自始至终，我们都觉得光着屁股在海边晒太阳是件不可思议的事情。

我们坐在咖啡厅这么聊着，只觉得桌下有东西触碰到了我的腿，肉肉的、软软的、柔柔的，我好奇地探下身：“我的天啊……”一个正在练习爬行的小孩正在我脚下，白白的小拳头按在我的脚面上。我不敢动弹，担心一动她就会歪倒。我的同学也低下头，肉肉白白的小身体，戴着尿不湿的小屁股，正在左右使劲地往前爬，让我们几个喜欢得直尖叫。她终于把小手挪开我的脚面，我们几个便蹲下来，给她让了一条路。我们隆重的咋呼声引来了孩子妈妈的注意，连忙过来为打扰了我们聊天而道歉。可我们怎会介意呢，脚下爬出一个可爱至极的小朋友，欢喜还来不及呢。

在新西兰待久了才知道，咖啡厅里练习爬行的小朋友不是少数，我总开玩笑说那叫“放养”，是自由的象征。所以后来在咖啡厅，我总是格外小心脚下。

对于中国的妈妈来说，自己需要坐月子，孩子也要出生一个月后才可以出门，并且一个月不得洗澡。而新西兰的妈妈恰巧相反，经常看到新妈妈推着刚刚出生两三周的小Baby在海边散步。中国妈妈的习俗在她们眼里也会是同样的不可思议。

匪夷所思，往往都是对对方的文化和生活习惯感到新奇罢了。

忘记明天

新西兰的东西海岸拥有各自不同的姿色，东边平静透彻，西边波澜壮阔。这些也只是我当时听同学说的而已，没有“腿”，也没有“车夫”，稍微远一点儿的海滩都去不了。新西兰可不同于家乡，随便找个9字开头的郊区大巴，就能到龙庆峡、青龙峡等“峡”系列了。

在Accounting（会计）课上我认识了新同学西安女孩Crystal，她温婉却不失热情，租住在一家中国南方老移民家里。他们计划周末全家一起去Muriwai beach郊游，她邀请我一起去。这么好的机会我怎会拒

绝，那是奥克兰附近最受欢迎的海滩之一。

因为第二天要很早出发，我当晚就住在Crystal家，她和我聊着西安。除了兵马俑之外，那些被她形容过的小吃我都想吃，她说冰峰汽水比北冰洋更好喝。我们的话题只会到这里，不会太深，不会谈起谁谈过几次恋爱、爱过几个男生、失过几次恋。因为，那时也许各自始终认为，最值得吐露心声的那位好友只在自己家乡。

我们早早起床，天还没亮就跟随她的房东一家出发了。蜿蜒的山路上基本没有其他车。即将破晓之时，路面上铺着一层薄薄的雾气，景致迷魂夺魄。到了目的地，我们绕到海边，空气中满是海鸟的叫声。拂晓之时，成群的海鸟在空中自由滑翔。海的左边是一座小山，顺着小山上行约五分钟，就可以看到海中间有块高而平坦的岩石，上面落满海鸟。观景台上，我领略到了西海岸的海风，头发被吹散，我没带皮筋，就任由它自由飘散。趴在栏杆上，看海鸟在空中自由自在地飞翔，悠然自得地享受它们的生活。

相比于鸟儿，人类就太过复杂，我们总是有太多的目标和欲望，并永无止境，因此总觉得自由不起来。从我记事起，被分到了一个年级有七个班的学校。然后就是无休止的考试，排名，考大学，找工作，赚钱，赚很多的钱，赚更多的钱。我们想要拥有钞票、佳人、汽车、房子、豪宅……然而，此刻飞在眼前那超然自逸的海鸟呢？它除了觅食，应该没有更多的目标了吧。人们总是嘴上说着要活得简单点，可往往却做不到。正在愣神，Crystal递给我房东特意带来的面包，我们把面包撕碎，抛向空中，鸟儿敏捷地飞来，接住，然后满足地飞走。房东说，最好不要不停地给，否则所有的海鸟都会飞来，就太多了。

靠近岸边的地方，有一块很大的平坦岩石，海浪拍打着它，时而被淹没，时而露出海面。房东说，这里是喜欢钓鱼的人们的圣地，可西海岸，风大浪大，好多次一个浪过来，人就不见了，就永远离开了我们。新西兰人就是喜欢冒险，明知道危险，却还是毫不畏惧地站在那儿钓鱼。当时，我没想明白，这是对生活的热爱，还是对生命的轻视呢？

快下到接近岸边的平台，有几个年轻的毛利人正趴在栏杆上看着什么，我们也聚了过去，原来是一只螃蟹正在下面的岩石上爬行，个头还真不小。突然其中一个人翻越木栏，跳到岩石上，想去抓螃蟹，没想到蟹子一下警觉起来，开始逃窜。那个人也在岩石上爬，紧追不舍。平台上的毛利人开始起哄，有人说，如果抓到就给他5元。螃蟹越爬越快，有人抬价，10元，螃蟹越爬越远，又抬价，最后到了20元。螃蟹被逼到岩石的边缘，顺着爬向大海，浪一个接一个打过来，那个人的衣服已经湿透。其他人在平台上看得开心，我却十分担心，生怕一个浪下来把他打下去。他两手空空爬回到平台上，还没站稳，一个尖叫，大家又把头回过去，原来螃蟹顺着岩石侧面一直爬，索性从离我们最近的岩石边爬了上来。他一下又跳了下去，抓住螃蟹，得意地坏笑。其他人纷纷掏出钱来，这只受了小惊吓的螃蟹也被他放回了大海，继续享受它的自由生活。

海边有很多人在冲浪，他们一会儿消失在浪中，一会儿又冲到了浪尖。据说这里是有鲨鱼的，也许在这片海域，人类在上面冲浪，鲨鱼就在下面观赏，互不干涉彼此生活的世界。

然而，有一年，一个阳光充足的下午，大家正在这里尽情享受与大自然嬉戏的快乐，远处传来了一声惨叫。稍远的海域中一位年轻人正在挣扎，人们看到那片海水渐渐洇成红色，一只鲨鱼攻击了人类，那位热爱冲浪的新西兰人永远地离开了人世。这里鲨鱼攻击人类的事件并不经常发生。因此，人们虽然怀念逝者，但却丝毫没有畏惧大自然，继续钟

爱与海浪共舞的惬意时光。

在礁石上钓鱼的，在巨浪中起舞的，他们好像从没考虑过下一刻，就和他们从不去关心银行账户里明天的账单一样。

至少今日此时，他们没有任何负担。

最高分的好学生被遣送回国

Western Spring是离学校最近的一个小湖，华人都叫它鸭子湖。假期里，同学们常常泡在图书馆，脑袋泡大了，就会去鸭子湖放松一番。那里除了鸭子还有黑天鹅和海鸟，湖水看上去并不是那么清澈，不知道是不是因为河岸边大片的草坪和树木被映照进去，所以视觉上看起来也是绿油油的。我们常常躺在树下的草坪上，说是休息，可还是不舍得时间流逝，于是就捧着教科书，预习下学期的课程。奥克兰的海鸟随处可见，海边、湖边、草坪上、街道上，甚至咖啡厅和学校的饭厅里。鸭子湖的海鸟也特别多，刚来不久又没车的同学常常到这里享受风光。

开学后，传来了一个噩耗，上学期Accounting考了最高分的那个同学被遣送回国了。这事儿在全校的华人圈顿时沸腾起来，难道好学生不得入此校？怎么可能！

原来，是一锅“鸽子汤”惹的祸。

一天，他给他的“后妈”展示了厨艺，从华人超市特意买回了煲汤的锅和配料，炖了美美一锅汤，一上桌香味就飘了满屋。他迫不及待地给“后妈后爸”盛了两碗，期待着他们赞美的语句，果不其然，“后妈后爸”连连赞扬，并追问是在哪个超市买的配料？是什么肉炖的？他告诉他们配料是在华人超市买的，肉则是自己在鸭子湖附近抓来的鸽子炖的。“后妈后爸”一下没反应过来，鸽子？在鸭子湖抓的？一琢磨，两人立刻去洗手间呕吐了。原来，他以为那是鸽子，又有那么多，就抓回来炖汤，感谢“后妈后爸”对他的照顾。可他却不知道，那不是鸽子，而是海鸟。在新西兰伤害小动物是违法的，“后妈后爸”含泪把此事上报了相关部门，没过几周他就被遣送回中国了，且终身不得登陆新西兰。

听说，他平时学习很刻苦，一心想早点毕业，继续读硕士。可从此，他的人生路径就此折返。不要说吃掉海鸟，就算对小动物施以暴力，在新西兰也是违法的。

生命再小，也值得人类去尊重。

一秒钟丧命体验

在Clean Clear活动上认识的女孩Sammy，已经来了新西兰，她还是说着一口的京腔儿，让我尤为感到亲切。

待的时间一长，和各城市的同学都会打交道，我的普通话越来越标准，儿化音也不见了。不过有些北方女孩在那边待久了，不但穿着打扮更像南方人，就连说话也开始港台腔儿，一问是哪个城市来的，回答则是：我“四”北京那边过来的。这样的人不在少数，见多了也就不觉得奇怪了，甚至有时聊着聊着，自己也跟着嗲言嗲语了起来。

我在去Sammy寄宿家庭的路上给她打电话，她说：“下车后往左走，那边儿有条胡同儿，我们家就在胡同口儿。”“胡同”这个词我已经好久没听过了，一般都叫某某条街，听到她说“胡同”二字的时候，我恨不得冲上去，给这个还带着首都味道的她一个大大的拥抱。

我把Paul和Grace也介绍给了Sammy，隔几周我们就会吃顿海边大餐，享受一下周末的闲暇时光。渐渐地我们组成了具有凝聚力的朋友圈，渐渐地忘记了城市的定义，但却清楚地记得，我们都来自中国，异

国的我们互相帮助，一同经历着这段不寻常的人生旅途。

一个夏季的周末，Paul提议去旅行，这可是一次真正的旅行，不再是市内游了。

同行的还有Grace和Sammy。我们开玩笑说，一个男生拉着三个女生去旅行可是一件拉风的事情。Paul开的是辆红色的披露，是款小跑车，它即将载着我们一路风尘仆仆地前往传说中的90里海滩。

90里海滩位于新西兰北岛，从奥克兰过去大约两三个小时的车程。我们买了很多零食在路上吃，伴着蓝天白云和我们快乐的歌声，红色跑车疾驰上路。还没出市区，远看不对劲，怎么开着开着前面的路上有一栋房子啊？开到近处才看清楚，原来真是一栋房子，而前面拉着它的却是一辆汽车。新西兰的房子大多都是木质结构的，早就听说街上时常会看到汽车拉着房子，这次正好让我们撞到，算是开了眼界。房子很宽，会占掉另外一半的马路，前后各有一辆车开道和保护，车顶都放着块电子大牌子，提示对面和后面的车辆，前方有房子。

我羡慕地说道：“瞧瞧人家搬家，一搬就是连锅端。”

Grace回我：“你当时搬到我这里不也是连锅端的，只是你那‘锅’就是一个行李箱。”

新西兰的高速公路一般限速都是100公里，Paul就卡着限速开。开着开着，对面来的车子向我们晃了几下大灯，Paul轻按了下喇叭，并稍稍带了些刹车，减慢了速度。我们三个女生觉得很奇怪，难道是我们的车子出现了什么问题？可Paul还是稳坐泰山匀速行驶。

“怎么了？”我担心地问。

Grace和Sammy也把头探到两个座位中间：“是不是车坏了？”。

“你们不知道吗？”Paul诧异地道。

我看看Grace和Sammy无辜地道：“不知道啊。”

她俩在后排，脑袋也犹如拨浪鼓般摇着。

“对面有人晃大灯，说明前方有警察。”Paul解释道。

“啊？”我们仨异口同声。

“不可能！开玩笑呢吧？”Sammy不相信。

不光是Sammy，我们仨没车一族都觉得Paul是在开玩笑。没开一会儿，路旁一辆警车正停在一个隐蔽处测超速呢。我们觉得这太有意思了，兴奋地期待对面赶快来车，这样我们也就能晃大灯，告诉他们前方有警察了。扫兴的是新西兰地广人稀，开出好久都没一辆会车，暂时没能过上这高速“暗语”的瘾。

在新西兰有个很夸张的说法，就是说警察的办事效率很低，只有抓超速时效率很高，一抓一个准。新西兰公路路面很平坦，虽然有的山路车道弯曲，可路上没什么车，经常开着开着就不知不觉地超速了。当然所谓的飙车党听说也是存在的，很多同学都说观看过，也不知道是真还是假。

我们几个正聊着，看到前面有一辆敞篷古董车中速行驶着，在超车道上，我们超过它，定神一看车里居然是一对老夫妇。老奶奶戴着墨镜和草帽，穿着小碎花的衣服，车里放着音乐，老爷爷娴熟地驾驶，那一幕像电影般地从我眼前扫过。多么幸福的老夫妇啊，我老了也要像她一样，和我的白发老爷爷一起驾着汽车去旅游，远也好，近也罢，都是一生的幸福。

前方又有一辆警车，这时Sammy和Grace才意识到，她们一直都没系安全带，庆幸刚才没被警察叔叔看到，否则又要掏腰包贡献社会了。

刚开过警车没一分钟，一辆霸气的摩托车从对面狂飙而来，一身皮衣的壮汉，驾驶着看起来很厚重的车身，很快就从一个小黑点变得清晰可见，我们赶快晃了他几下大灯，提醒他有警察，他的车速至少在180迈以上，可没想到他居然抬起一只手，以表对我们的感谢，这次算是亲眼看了回新西兰杂耍。

以前在国内旅游总是习惯在路上睡觉，攒着精力去景点参观。渐渐才明白，最好的风景其实在路上。

按照高速公路上的指示牌，我们到了90里海滩。开始我们把车停在离海边比较远的地方，跑去海边。西海岸的沙子是黑色的，非常平坦，望向远方，浩瀚的碧海无边无际，眯起眼睛可以看出地平线的弧度，左右两边都是漫长无尽头的海滩，远处有大巴和吉普车在海边奔驰。光是看看海景未免也太不过瘾了吧，于是我们决定也把车子开进沙滩，边开边欣赏风景。

红色跑车开在浪花边的沙滩上，时不时车子就会压到海水，泛起水花。这里没有警察，海滩边没有人，Paul踩足了油门，沿着海岸线疾驰，我们在车里欢笑、尖叫，像是在拍某品牌汽车的广告片。我手持相机，正在录像，突然一个浪有些大，车子好像随之漂起了一下，然后就开始失控，短短的几秒钟，车子一会儿向左，一会儿向右，突然又一个浪来了，眼看车子马上要冲进海里……

这一刻，就像是消声的慢镜头，没有了欢笑，也没有尖叫，我们都注视着Paul手中的方向盘，短短的一秒，脑子里闪过的是曾走过的二十来年；短短的一秒，畅想了下与还未出现的那个他白头偕老，一起去旅行的场景；短短的一秒，突然眷恋起生命。一秒钟后，这个浪退下。

Paul使劲往右边一打把，车子终于听了使唤，稍稍远离了海浪。减下速度，车子缓缓停在离海浪十几米的地方。根据刚才情况可以断定，那时正在涨潮，所以我们本是压着浅浅的海水开，但一个浪比一个浪大，突然就成了在水里开了。这次算是领略了新西兰西海岸狂风恶浪的汹汹气势，真是不敢再玩悬的了。几个人当时都吓得黯然失色，呆了许久。

人们常说，新西兰的天就像是小孩子的脸，说变就变。果不其然，远处一片乌云袭来，天色骤然黯淡下来，海浪一个比一个大地往岸上翻滚，我们决定开回高速，去Motel（汽车旅馆）入住。然而，只听到油门声却不见车子走。

“不会是车子陷进去了吧？”我担心地问。

我们纷纷下车帮着推，Paul在车上踩油门，可越是踩，轮子陷得就越深。这时云已经渐渐逼近到头顶，大大的雨滴落下，砸到车子铁皮上发出响亮的声响。远处的潮水毫不留情地涨上来。Sammy和Grace边跑向远方边四处张望，欲找人帮助，可周围却没有一辆车一个人，我们再次陷入了窘境，束手无策。

找遍了附近的区域，海滩上干净得连块砖头和木板都没有，像是末日来临，地球只剩我们四个。

一回头，海水已经涨到离我们只有两三米远。

“搬东西吧。”Paul说。

“什么意思？”我追问。

“只能弃车了，快拿行李吧。”Paul打开后备厢，把我们几个的背包拿出来。

我们从车里找了个塑料袋，把车里的一些零碎东西都装了进来。雨也越下越大，几个人都成了落汤鸡。我们退后站成一排，像是等待大海宣布红色跑车的死亡时间，然后“欣赏”它在几分钟之内被吞没的整个过程，难不成，我们还要欢呼雀跃地击掌，惊叹于大海这不可抗拒的力量吗？

绝望之时，远处居然有辆大越野车朝这边开来，停在我们面前，宽厚的轮胎稳稳地停在海滩上。车主下车后，边掏出绳子，边安慰我们不要紧张，他能搞定。他连好车子，一个箭步跳上越野车。踩足油门，我们的车子一下从沙子中被解救，被拖到远处的安全地带，我们也赶紧跟着车子跑了过去。

乌云飘走，雨也停了。刚刚陷车的地方已经变成了汪洋大海。我们纷纷掏出钱包要感谢这位从天而降的使者，可他却毅然决然地拒绝了我们。原来，他就是附近的居民，正要从海滩开回上路，看到我们的车子被陷进去了，就赶快过来救援。因为很多旅者对这里的沙滩并不熟悉，不知道什么车子才可以安全开去海边，所以经常会有陷车的事情发生，他每次碰到都会去营救。他开玩笑说，如果真要收钱的话，那他早就成富翁了。我们连连道谢，目送他驱车离开。

因为在海滩上开了一段时间，所以眼前离开沙滩的这条小路已经不是来时的那条了，我们也没有勇气再按原来的沙滩路返回，于是就小心翼翼地开到一个小路口，上了山。

这条不是高速公路，但我们猜想从这条小路应该可以通过去。车子沿着盘山路行驶，道路越来越窄，海拔越来越高。我们仍然坚信，前面一定可以和高速公路接上。这时天空已经放晴，小路已经变成了土路，路窄到只能走一辆车。感觉车子已经快要爬到山顶，却没见到一点儿高速公路的迹象。我忧心忡忡地看了眼手机，已经是五六点钟，这时突然注意到，手机屏幕上显示这里没信号。新西兰的高速公路上都没什么

车，更别说这条小土路了。这前不着村，后不着店的，要是还想像刚才那么幸运地碰到救援天使，可就没那么容易了。商量的结果，我们还是决定赌一把，打算开到山路的最高点去探个究竟，说不定那里就是高速公路。盘山小路叠叠绕小弯，不高，上下差距也就三五米，但我们还是开得小心翼翼。拐过一个弯，有个稍微宽点儿的歇息处，那里居然侧翻着一辆小卡车。卡车很破，已经生了锈，估计是几年前从上面的山路掉下来的。这场景让我们几个的手脚都僵硬了，心跳的声音加在一起好像乐队的架子鼓被猛烈地击打一样。车子开到上面的小路，眼看就要到了尽头，我们缓缓地开了过去……

一切尽在眼前，原来我们开到了一座山的山顶。远处清晰可见另外两座山，我们没有心情欣赏山清水秀，立即决定原路返回，开回沙滩，至少那里能有人经过。车子沿着路又开了一点儿，却没找到可以掉头的地方。这时，Paul低头一看油箱，就彻底傻了眼，油表显示还有一格。难不成，刚刚从海滩上被解救的我们，又会被困在山中吗？我已经暗自做好了要在山里过夜的思想准备，同学们曾说，新西兰的深山里是没有猛兽和毒蛇的，我用这个安慰自己。正想着，对面开来一辆车，我们简直像是见到亲人，赶快蹦下车。车上的两个小伙子都是意大利人，他们也是刚才离开沙滩的，同样推断这边会通往高速公路。他们本想继续翻山，但前面却没有下山的路，只是在尽头找了个可以掉头的地方。他们把车倒回去一些，我们找了个宽点的地方将将错开了车，终于成功地在不远处的尽头掉了头。两辆难兄难弟般的车子相依为命，原路返回了沙滩。多亏是下山，所以没怎么费油。我们沿着山边离海最远的沙滩小心地开，找回到来时的路口。

入住了Motel，这天的旅程就结束了，感觉不像是旅游，更像是特意来冒险的。反过来再想想，如果没遇到沙滩陷车、山间迷路，那90里海滩也没什么好玩的。我们不就是来追求意外旅程的吗？这些经历正在谱写着我们的人生剧本，这些记忆正扎扎实实地沉淀于心灵深处，像是一本压在书柜最深处的故事书。

第二天，我们一路开回奥克兰，一路祈祷下点儿雨，因为昨天在山间小路的缘故，车身沾满了泥土。只要能下场雨，就绝对可以把车洗个干干净净。然而天公不作美，我们只得前往自助洗车的地方，自给自足了。

红色泥车终于焕发光彩的时候，我玩笑地问Paul。

“想到弃车的时候，你没有想到和它同归于尽？”

Paul诧异地道：“当然没，还是命重要吧。”

“可这车得好几十万新西兰元吧？你不心疼？”Sammy后怕地问。

“哪有啊？这车是96年的，买的时候才五千多。”Paul告诉我们。

那时候我才知道，二手的日本车在新西兰卖得很便宜。可能是因为路况和环境的缘故，虽然是二手的，可看着就跟新的一样。很多种九几年的小跑车，几千块新西兰元就能买下了。因为中国的跑车卖得贵，所以男同学的第一辆代步工具，往往都会选择跑车来体验一把。

旅程正式结束，大家安全归来。我们先是送Sammy回家，她从外侧路下车，和我们告别后，正要离开，一辆车从她身边擦过，恰巧剐到了她的胳膊。Sammy的手腕当时疼得不能动弹，可那辆车子根本没有意识到剐了她，没有停下来。

我们把Sammy送到医院，她被诊断为轻微骨折。虽然她伤得并不严重，但我们却有点担心医药费的问题，没想到医生告诉我们，她可以享用新西兰的ACC（Accident Compensation Corporation，意外伤害赔偿局）意外赔偿。任何人，只要落地新西兰，无论什么身份，出了什么意外，谁的责任，ACC都会赔偿所有治疗费和误工费。

一个周末的旅程，遇到了这么多次窘境。可我们却没因此去憎恨这段旅程，反而觉得这段记忆回味无穷。

生活中，我们往往认为自己很顽强，很幸运。但旅途中，常常都是生在左，死在右。而我们明知道如此，却永远停不住脚步，想要走出去，看看外面的世界，去尽情地亲近大自然。

旅行是一“款”如赌博般的嗜好，充满了难以预料的艰险和惊喜，因此会不可自拔地上瘾。但至少，它是合法的。

遗憾是，我不懂什么叫作无聊

驾照大于等于护照

去海外，护照是重要的身份证明，一旦丢失就会很麻烦，我恨不得把它放在被窝里面一同入睡。报考学校、去银行开户、购买啤酒等事情都需要出示护照。它体积大，又没法放到钱包里，所以留学生丢护照也算是常见的事了。在《十年飕飕》里提到的“三不要”原则里，其中一条就是——不要丢护照。“上有政策，下有对策”不是随便说说的。而在新西兰，驾照不但是驾照，还约等于身份证，大部分需要身份证明的地方都派得上用场，因此很多人去考驾照并不是为了开车，比如我。

说来真是奇怪，新西兰是没有像东方时尚那样的驾校的。驾驶执照分三个级别：Learner License（学习驾照）、Restricted License（限制驾照）和Full Licence（正式驾照）。Learner License只需要考过笔试就能拿到，然后就可以开车上路了，只是旁边需要坐着有Full License的人，也可以理解为只要拥有Full License就自动升级成“志愿者教练”了。拿到Learner License的六个月后就可以申请参加Restricted License的考试，一年半以后再参加Full License的考试。

怀着那并不“单纯”的目的，我在大学图书馆里认真地翻阅笔试题，因为一次考试的费用要将近一百新西兰元，所以要保证一次通过。我本来压力很大，可看到文字才知道，题目原来是那么地简单。有道题的大意是问：“当出了交通意外时，首先应该先联系谁？”选择答案有四个，大概是：同事、老板、太平绅士、警察。还有一道是问：“当前方有牛羊群的时候应该怎么办？”选择答案大概是：直接撞过去、不停地按喇叭、等牛羊群离开再通过。背书本记答案是咱中国学生的强项，我一个下午就全部背完了。为了方便华人移民人群，新西兰还提供全中文试卷，而我却积极向上地选择了英文考题，并取得了100分的好成绩。一周左右，我的“身份证”就寄回家了。

人的欲望不可低估，钱包里多了驾照，手就开始痒痒想开车。只要拿着中国驾照的翻译件，就能直接当Full License使用一年，可以合法单独开车上路。我决定买辆便宜的二手车，再拿着中国驾照直接去考Full License。事实上，我担心的不只是安全，而是腰包里的钞票，如果没通过，考试费就等于打了水漂。听说Full License的考试极其严格，并道的时候除了看反光镜，还要回头，而且下巴需要过肩，否则绝对不及格；路过十字路口，有的考官会突然让司机停在路边，会问刚才路过十字路口的时候，路边有几条狗？几个人？几个男的？几个女的？答错了也不及格。

知道新西兰的二手车便宜，但没想到这么便宜，我挑上了一款1997年的雅阁，只需要3500新西兰元，当时合人民币才15000元左右，我当即就打电话约对方看车。车主是个香港学生，我装作很懂地查了查车，跟他套磁，讲了两句粤语，又砍下来200新西兰元，最终以30迈的速度把车开回了家。

任何美好的事情开始后，都会带来一些烦恼。情侣热恋后，要吵架；考进好大学欢呼雀跃，接踵而来的论文却让人愁眉不展；妈妈幸福地抱着新生儿，之后会苦于夜里喂奶没法睡觉。我与我的新宠也同样逃不过世间规律，尽管我已经做好了心理准备。

自己做自己的“车夫”，一切都是来去自由。不过，“路痴”加“路面杀手”的我，只限于在不超过家四十分钟路程的地方活动。一般的街道停车都不收费，直接停在路边就可以，但市中心的车位非常紧张，停车费也不菲。比较靠中心的停车场要10新西兰元/小时，路边的停车位一般是2新西兰元停15分钟，需要停多久就投入相应的硬币，机器会自己打出停车条儿，把它放到前车窗内就可以了。

市中心是吃喝玩乐的最佳场地，和朋友约在这里喝咖啡，停车就是个技术活儿，但这并不是从停车的技术层面来说的。停车是以投入的硬币来决定停泊时间的，每次我们都要事先预估好，要喝多长时间的咖啡。为了不吃亏，我们预估的时间总是太少，每次聊到兴致勃勃一看表，停车时间已到。要么散伙，要么赶快回到车位续费，经常是一个下午续费好几回。解散时会总结道：“早知道还不如一下交5个小时的呢。”总结归总结，可每次还都如此，谁也不想交了5个小时费，剩2个小时就撤了。钱可是退不回来的。

有的地方是每个车位都有一个咪表，停车时间都会在上面显示。遇到这样的停车位，我们一般都会先看看，有没有没用完的。有的剩30分钟，有的居然剩了一个小时，我们就会毫不客气地停进去，充分利用社会资源。大部分时候我们也会为他人造福，因为谁也不会因为停车时间没到，就非在银行或邮局多逗留一会儿。

晚上8点以后，一些收费的停车位就可以随便停了。一次从Pub出来后发现我的车不翼而飞了，这简直是不可思议，我旁边可是一辆新款宝马，为什么偷我的，不偷他的！我当即就拨打111报警。报警专线在任何国家都出演着同样的角色，除了在紧急关头拔刀相助，也会为老百姓排忧解难。电话那端的警察叔叔建议我去看看附近有没有相关信息，会不会是停在了别人公司的车位上，被拖车公司拖走了。我左右寻找，没看到任何提示，一低头才看到，双脚踩在轮椅的图案上，原来我是停到了残疾人的车位上。我赶紧在墙壁的牌子上找拖车公司的电话，先是打了一个，对方告诉我，他们没有拖我的车，建议我打另外一家。几番周折后，我到了拖车厂，交了180新西兰元的拖车费后，驾驶着它开出了铁丝网大门。有种把犯人从看守所保释出来的感觉。

在《中国好声音》没有出现之前，香港TVB华人新秀大赛的新西兰选拔赛可是当时那里最为隆重的华人活动之一。要知道梅艳芳、杜德伟、苏永康、许志安、黎明、郑秀文、陈奕迅、杨千嬅、李克勤、周慧敏等人，可都是这个大赛出来的。选拔赛当日，很多明星都会来现场表演助阵，马德钟、吴卓羲、郑嘉颖、佘诗曼无一不值得尖叫。我当时还在承办方的电台里做兼职，大赛当日很早就要赶到现场采访。

天还没亮，我就爬起来给几位采访助手做三明治。晨光熹微，我就已经驾车出发了。开了没一会儿，就开始下起了小雨。冬季奥克兰的清晨，气温虽然能有10摄氏度左右，但无人的街道略显萧瑟。

我边开车边想着采访的内容。到了环岛，需要让行右边的车辆，我收了下油门，扫了一眼右方，看没车就继续往前开，突然间一声巨响，整个人往前扑的那一刻被安全带死死地勒住，车子停在原地。一辆黑色的车子，后半部分已经被我撞到变形，我毛骨悚然起来，不知道撞到的是人还是鬼。被撞的车子是突然出现在面前的，我刚刚明明看到右边没车的。我赶快动了动筋骨，感觉自己没事，鼓足勇气下车确认对方司机的生命安危。天还没有完全亮，雨水也从小转大，黑色的车里，看不出有人的迹象。早听说过新西兰闹鬼，转念间，我决定逃窜，大脑的指令还没传到身体，对方司机就从车里出来了。一位印度小伙，“嘟噜噜”地在抱怨，我赶快上前问他身体有没有什么不适，他向我表示他身强体壮，经得起一撞，可回头看看他的车子已经生命垂危。他让我出示Full License，我隐瞒了我是Learner License开车的事实，直接拿出中国驾照的翻译件。不用多计较，在环岛没有让行，肯定是我全责。

事后，我反复分析，可能是因为天色太暗，车身太黑，印度司机肤色呈深色，再加上下雨，他又没开车灯，完全可借用新西兰橄榄球队的名字—— All Black（全黑队）来形容，所以我当时真的没看到他开过来。这起有惊无险的车祸让我蒙受了不少的损失，印度小伙的车让我直接撞报废了，听着挺生猛的，其实是因为他的车子是比较老的车，价值2000元左右，但要是把它修好，人工加上材料费需要5000多元，所以只好直接报废掉，付了他一辆车钱。我的车前面也已撞到变形，因为没上任何保险，所以自己花了2000多元修理。

世间任何事物皆如此，它带给我们多少幸福，也同样会带给我们多少烦忧。如果连承担烦忧的勇气都没有，我们就不配去享受幸福。

出发，却常常忘记出发目的

撞车不久后，我去给同学送一本中文小说。因为出国的时候都会在行李限重的范围内带英语书，谁也不会浪费重量带课外书，因此一本中文小说就成了稀有物品，在全班、全年级、乃至全校传看着。同学为了感谢我能带给她“稀有物品”，特意请我在她家吃饭。我当然也不能空手去，特意买了一些甜点，准备了一些水果茶，还提前炒了一盘鸡蛋炒饭，搞得跟野营似的，兴师动众地翻阅地图，走错了3个路口后，终于抵达她家。

一晚上吃吃喝喝把肚子都撑歪了，边刷碗边天南地北地聊了个淋漓尽致。我喝了最后一口BundAerg带气饮料，打了一个饱嗝，看看表，对同学说：“不早了，我先回去了，明天还有课。”随即提起书包，要出门。同学一个箭步，打劫般的表情堵在门前：“书呢？”我一蒙，才想起来，此次光临同学家的主要目的不是聚会而是传递那本《梦里花落知多少》。我把书包翻遍，没找到，于是把书包倒过来，让所有的东西都掉在地毯上，那么一大本书，怎么就没了？然后又去车里一通找，也没找到，只得抱歉离开。

到了家中，那本《梦里花落知多少》舒舒服服地躺在我的床上，我还隐约看到它跷起了二郎腿幸灾乐祸的表情。折腾了一个下午，来回开了8公里，走错了N多个路口，回到原点，可却忘记了出发目的。

我与《梦里花落知多少》并排而坐，扪心自问，出发，却常常忘记出发前的目的，这是我的缺陷还是全人类的缺陷？房间外我那刚刚被修好不久的车子停泊在银河星系之下，而它基本没有被开出过方圆4公里的距离。我，从北京来到1万多公里之外，大部分时间却都是在学校、家、超市几点一线晃悠。最初的目的，却早已抛在了脑后，什么体验、经历、以上学的名义去旅行，全部都被压在箱子底儿长青苔了。

那之后，我不再拒绝4公里之外的车程，然而接踵而来的是各种迷路、问路，也看到了4公里之外的风景和偶遇到的那些街道和小别墅。

原来，体验和经历4公里之外，那才是我出发的目的。于是在保证好好学习、天天向上的基础之上，我开始等待并努力寻找着各种上路的机会。

海钓惊魂夜

街边挂有TAB牌子的酒吧，是可以合法赌球的，里面有大屏幕可以现场看比赛，现场通常欢声雷动、热火朝天。世界杯的时候我也赌了一把，成功地输掉了五块钱，而一场出乎意料的比赛，却让朋友Lee输掉了接下来几个月的生活费。他倒是很乐观，之后几天告诉我，他现在以捕鱼为生，问我要不要陪他去钓鱼，要去的海边离市区大概四五十公里。这正是我要找的说走就走的出走机会，一看表，已经是夜里11点多。本想叫上Grace一起，但看到她的房间已经关了灯，想必是睡了，我便悄悄地溜出门。

虽然是夜间，但山路并不难走，左右两条道中间，每隔1米就有个可以反光的突起物，车灯照过去形成地灯隔离带，不小心压上去会有感觉，由此意识到压了中线。一路没有会车，我们就一直开着大灯直奔目的地。

海边寂寥到只有海浪和海风合奏出的曲调，就连海鸟都去做美梦了，皎洁的月光洒在深黑色的大海上，望向无边无尽的远方，不由得打

了个冷战。

Lee掏出鱼竿，拴好鱼饵，递给我一个手电，让我在岸边等着瞧好。他顺着一块巨大岩石较低的边缘向海的方向俯身过去，我试图用手电给他照亮，但光柱的亮度还没有月光强。海风一阵阵地袭来，冻得我上牙和下牙直开会。我看Lee一路爬得还挺矫捷，便少了些担忧，伴着月光，我看到他已经下竿，我对他喊："怎么样？"其实，是因为我一个人在岸边，确实有点胆战。可是因为风浪声的阻隔，他那边根本听不见我的声音。为了让自己别那么害怕，我努力想一些有趣的事情，可愣着愣着就想到了鸟岛那块让很多钓主丧命的岩石。一个巨大的风浪声把我从思绪中拉出来，我定神看到Lee正在摇线，想必一定是鱼上钩了，能看到他冲我这边喊，猜得出来是在告诉我鱼上钩了。我提着塑料桶，又往海边走了走，一副准备好要接货的架势，模糊地看到他正在摘钩。突然一个巨浪打来在岩石上激起了大大的浪花，浪花回到海里，岩石露出，却不见Lee的人影。我一下紧张起来，扔下桶就往海里跑了几步，希望是自己的眼睛花了，没有看到他。我定神看了岩石上和岩石边缘都没有他的身影。难道他去了岩石的另外一面，所以看不到他的影子？岩石下面还是岩石，如果真是浪花把他打了下去，恐怕会丢了性命。

我的水性不好，无法相助；周围没有人，喊救命也是无济于事；我的手机在他的车里，但这里不一定能有信号，就算警察来了，也只能打捞尸体了。这次，我真的哭了，恐惧、无助，甚至有些自责。如此危险的行为，我为什么不阻止他，反而和他一起来……

哭喊着，我居然看到一个黑影用力地从岩石上探出了头，没错，是Lee！他用最快的方式沿着岩石边俯身爬回到岸边，一下趴在海滩上，手里却攥着那条鱼。原来大浪把他打下去之后，他用力抓住了岩石的边缘，等浪退下，慢慢地爬了上来，鱼竿已经被海水冲走，可鱼居然还在岩石的缝隙里打挺儿。他不忘带上鱼，迅速回到岸边。上车后，我们打开灯一看，他的手和腿遍布着被岩石划破的血道子，仔细检查，没有很深的伤口。

回来的路上，我们渐渐地缓过了神，相视大笑起来。那么危险的时刻，他爬回岩石的时候，居然还没忘了带上鱼。回到市区，一片恬静祥和，刚才发生的惊魂一幕好似成了看过的电影桥段。我们还在细细讨论着那一幕，甚至说是品味着惊险一刻的刺激，我也不记得当时被吓出来的眼泪是什么滋味了。

如果想规避所有旅途中的危险，那还是留在家喝咖啡、看小说吧。

静与闹的两把钥匙

很多在新西兰住过一段时间的人都说，这里是个“鸟不拉屎”的地方。5点之后所有的商店都关门了，就连大型购物中心也是如此，太阳还没有下山，街道上就已看不到人，他们觉得这样的生活百无聊赖。

而在我看来，这却更像是人生，该闹的时候闹，该静的时候静，关键在于我们有没有找到打开闹与静大门的钥匙。

在那里，我经历了烟火节。超市里卖的小烟花和中国的不能比。在伸手不见五指的海边，手持花火，许愿、思念家乡，却另有一番滋味。在那里，我经历了万圣节。成功化成“鬼”后，去酒吧给朋友乐队的演出捧场，把他们当明星在台下疯狂地欢呼。今夜，我是疯狂的观众，他们是著名的歌手，她是酒吧的打工小妹…… 不眠夜过后，我们都会以睡眠不足的形象出现在图书馆。

我们都爱这样的生活，闹与静并存，哭与笑共舞，学习与生命之旅交错。

如果你问我：世界上最鲜艳的节日是哪个？

我会说是圣诞节，因为在那里我们拥有夏天的圣诞。

如果你问我：世界上最安静的节日是哪个？

我会说是圣诞节，因为在那里安静到连超市都不营业。

快到圣诞节的日子，市中心的一幢建筑物上就会摆上一个几层楼高的圣诞老人。有趣的是圣诞老人的食指会一直动，做“勾引”状，不过我去的第二个圣诞节里他的手指就坏了，并持续几年登场后都没能再动，也不知道如今“治”好了没有。

在新西兰度过的第一个圣诞节，我也准备疯狂一番。清晨我和Grace起床后准备去美餐一顿，而车开到街上却开始怀疑，是不是世界上只剩下我们两个人。不要说小路上，就连主路上都没有一辆车，所有的店铺全都挂着“Close”的牌子，去了几家平时常去的餐厅，也同样是大门紧闭。我们只得转战去家附近的超市，平时这里是24小时开门的，可这天居然也不营业。此刻不要说欢度，就连填饱肚子都成了问题。钱包是鼓鼓的，但肚子却是瘪瘪的。我们求助于Paul，他的“后妈后爸”把我们看作卖火柴的小女孩，怜爱地“收养”了。原来，圣诞节这一天，所有店铺都是不开门的，只有一些勤奋的中国人还会坚持营业。新西兰人认为，享受永远比挣钱要重要上一百倍。新西兰的商店平时五六点就关门，银行周末不开门，大概都和这有关吧。

12月的新西兰是初夏，不冷也不热的温度让心都变得更加安然，音

响里播放着圣诞节的CD，“后妈后爸”还热心地给我们包了两份小礼物放在圣诞树下。

第二天，Grace建议去Sky Tower（天空塔）。Sky Tower是南半球最高的建筑物，既来之则安之，干脆去顶层吃个自助餐。通往高层电梯的地板是透明的，Grace一直不敢往下看，我却蹲在地上抓紧体会，心里还有点希望它像游乐园里的直线速降项目突然速降下去。正想着，就看到外面有人在玩Sky Jumping（高飞跳），我当即就决定要去试一试，饭也没吃，就直接转了站。

站在蹦极台上，奥克兰的美景尽收眼底。穿好蹦极的服装，拴好绳子。工作人员问我紧张吗？像我这种一见高就想往下跳的人怎么可能紧张呢！我毫不犹豫地跃身而下，195米，11秒就到达了底部，11秒仅仅是从空中看了看，快到底部，我才看到地面上正有很多人驻足抬头“观赏”我，为我拍照呢，我赶紧配合地摆了一个胜利的手势。11秒对我来说简直太不过瘾了，工作人员告诉我，这属于基础蹦极，如果还想继续蹦，可以去皇后镇那边的Kawarau Bungy，那是蹦极的发源地。

虽说是不害怕，可从将近200米的空中跳下来，两腿着地后还真是有点站不稳，不知道是失重后还没适应过来，还是内心深处的紧张导致的。虽然心理素质还不错，可生理素质还是不能一下适应。Grace扶着我，“飘”去了顶层的观景餐厅，这里虽然也是高空观景，但与从空中跃下看到的感觉截然不同，那时的城市是流动的、旋转的、由小变大的。那11秒，我好像听到了时间的声音，快到刹不住车。

假期的生活就是这么闲适!

我不是白富美，也不是女强人，但我有静与闹两把钥匙，就拥有了整个世界。唯一遗憾的是，我从来不懂得什么叫作无聊。

TWIZ
2 k

GIVE
WAY

臭味也香之旅——初尝硫黄味

一辆无人驾驶的破车

在上学期间，持有大学主课的签证，每周可以打工20个小时，听说要是假期就可以多一些。工资是每周一付，当年的最低工资标准是每小时10新西兰元左右。但那时留学生多，很多亚洲餐馆或咖啡厅只给五六元，听说有的洗碗工才给3新西兰元。我在一家北京人开的餐馆做服务员，负责点菜、端菜、刷茶壶和结账，虽然工资只是每小时5新西兰元，但老板和老板娘、大厨、二厨们都是北京人，给了我不少的帮助与温暖。每晚关门后，我们都会享受一顿北京口味的大餐，把肚子吃得跟怀孕了似的，然后回家睡觉。

那时候国内流行一个词，叫“月光族”；而新西兰当地的华人圈里一直流行着一个词，叫“周光族”。因为那里的工资一周一发，一般都是周四，因此平日里五六点就关门的购物中心，周四和周五会开到晚上八九点，不要说周光，很多人周四发了工资，当天就光了。

餐馆里的工作并不轻松，但来吃饭的都是留学生，今天我为他们服务，也许明天去其他餐馆，他们就为我服务。打工的生活好像是圈子与圈子的关系，而并非被雇佣和被服务的关系。我们的餐馆不大，但在当地尤为火爆，每天都是爆满。一个班就两个服务员，一晚上下来，能在这几十平方米的小方圆走上将近十公里的路，两周下来就达到了明显的瘦身效果。所以说快走能瘦身，溜细腿，一点儿也不假。

巧合的是一次来店里面试的女孩，竟然是之前带我一起去鸟岛的西安女孩Crystal。因为这个学期我们没有同班的课，所以也就没联络了，我向老板极力推荐了她。

Crystal可真没给我掉链子，干活麻利勤快，我最喜欢和她搭班，这不是因为我懒，而是因为我俩最聊得来。每次等客人走得差不多了，我们就坐下来把餐巾纸叠成斜三角形状，目的是打着干活的名义，坐那儿聊天。我们天南地北地聊，从学习聊到住房，从工作聊到移民，从恋爱史聊到失恋史。不知道为什么，处于同学关系的时候大家都很难打开心扉，可一旦进入了闺蜜的感情阶段，双方都把倾盆大雨般的友谊泼向对方。聊得忘我的时候，我们以为这是在咖啡厅，说着说着居然能捧腹大笑起来。聊累了，餐巾纸也折够了，就找其他活干。我们有个共同的癖好，就是把白色的东西擦得更白。找出消毒水，把略有发黄的吧台整个擦一遍，边边角角全部清理干净。最后，一个全新的吧台闪亮登场。晚上老板娘来收营业额，一进门便眼前一亮，指着吧台道："哎？重新刷漆了啊？"我和Crystal哑然失笑，感到小小的满足。很单纯，这源于我们这正在铸造的友谊，也源于工作中小小的收获，还有更多……

新西兰食品安全监测部门将饭馆、酒店按照不同卫生等级，分为A、B、D、E四级。A级是符合高标准，B级是符合标准，D级是仅符合标准，E是不符合标准。评分的牌子会挂在很明显的地方，第一次来的客人都会习惯性地看一下。那年我们的评分从B升级到了A，真不知道这和我与Crystal的"变白狂想症"有没有关系。

爱好多，打工就多。有个暑期我的记录是同时打4份工，餐馆一天、卡拉OK一天、电影院一天、电台一天。挣够了一次旅游的钱，几个人就凑在一起去附近的城市玩儿。

臭鸡蛋与温泉的神秘关系

夜晚星月交辉，即便是失眠，也可以躺在床上数星星，数着数着就有点昏昏欲睡的感觉了。突然电话铃响起，吓得我一激灵，手机显示是Paul。夜里12点，这个时间打电话肯定是有什么急事，我赶快坐直身子，接通电话。

“不好意思，这么晚给你打电话。”Paul有些抱歉的语气。

“没事，你说，这么晚肯定有急事。”我比他还要着急的样子。

“确实有个急事，和两个朋友在聚会，心血来潮想去Rotorua（罗托路亚）那边玩两天，问问你和Grace要不要一起去，这就出发。”

Rotorua是著名的温泉城市，距离奥克兰差不多3个小时的路程，本来一直都很想去，可由于自己车技不佳，一直没能成行。不过现在出发，这事儿确实很“急”！

“你们要是不方便也没事，我也是尝试地问问。”他见我没说话，

追加了一句。

“方便啊，干吗不方便啊，我这就去问Grace。你们那边几个人啊？”

“加我，3个男生。”

“好！五分钟后电话确定。”

5分钟之内，我叫起了Grace，并成功地在电话这端说服了Sammy和Crystal一起去，壮大了女生的阵容。

男生提供物质和技术支持，即车和司机；女生提供精神支柱，即欢声和笑语。7个人两辆车，凌晨1点从城市出发前往Rotorua。另外同去的两个男生是香港人，因为有新朋友，分配车的时候就比较为难，为了新老朋友、男女性别的合理搭配，我们决定一边开一边换司机，一边换乘客，充分体现了“嘚瑟”一词的含义。

静静的街道，我们早已到了扰民的程度。车子向前开，我们的欢声笑语一路播撒，充满了经过的每个角落。

按之前商量好的，我们路上互换了乘客。一路快马加鞭全速前进，虽然中途有了集体停在路上大睡一觉的小插曲，不过在之后的一个多小时路程里，大家没再犯困，哪里有Grace哪里就热闹，似乎成了“真理”。突然，我闻到一股臭鸡蛋味，有点像放屁，又有点像香港脚，可Ray是新朋友，哪好意思直接问，我就使劲憋着气，转头看向Grace。她表情也有些纠结，于是我们开始打暗语。

“叽叽喳喳地讲什么？”他问我们。

“没有，没有。”我俩连忙摆手。

路两边开始有了路灯，看样子是到市区了，可那味道还没有散去。看来Grace是忍无可忍了，直接问：“怎么这么臭啊？”

Ray一愣。我想，坏了，肯定是冒犯了人家。

“你们不会没来过Rotorua吧？”Ray问。

我们摇摇头。

他惊讶地道：“啊？你们不会以为是我放屁吧。”说着他拉开车窗，臭气扑鼻而来。

路灯下的房子一幢幢地经过车窗边，整个城镇安静得像座无人发现的童话王国。有的人家的院内会有团团白雾飘出，那不是煤烟，而是天然地热温泉的热气，闻到的臭味就是硫黄的味道。我本以为，我会因为这个味道讨厌这里一辈子，然而恰巧相反。

Rotorua城市很小，只有几条街道。这里是著名的旅游城市，到处可见各式Motel，在灯光的装饰下，每座都像是芭比娃娃的家。假期的缘故，这里尤为火爆，很多Motel已经满客，我们找了一家挂有Vacancy（有空房）牌子的尖顶屋停了下来。这些Motel基本都是私人经营，很多都是退休的夫妇，前台晚上就关门了，凌晨4点，人家还没有起床。可

RECEPTION
OFFICE
CONFERENCE ROOM
126
Welcome

没有办法，为了不集体露宿街头直到破晓，我们只得硬着头皮连敲门带按铃。终于一位老爷爷从里面的门缓步走出来，打开落地窗的大门，睡眼蒙眬地对我们说Morning。老爷爷穿着白色睡衣，上面印满小冰激凌的图案。最为可爱的是，他还戴着一顶配套的睡帽，是圣诞老人那种款式，尾部有个小球，侧着耷拉到耳边。老爷爷很热情地为我们开了一个复式房，他一定以为我们是早起的鸟儿，其实我们是夜游的“神”。

女生住上层，男生住下层。我们规定：男生不得跨过第三阶上楼的台阶，仅供交流时喊着方便使用。

一见到床，我们就像是见到了各自的亲娘，闹铃都没上，就投入了它的怀抱，呼呼大睡起来。

我们的白日梦被男生们的吼叫打破。据说是要去吃小龙虾，我和Sammy嗤之以鼻，小龙虾有什么新鲜的，当年在东直门簋街2块钱一只。

开了一个小时的车到了目的地，原来这里是个小龙虾养殖场，顾客也可以自己钓龙虾。这里运营得很有规模，比我打工饭馆的面积足足能大上几十倍，露台的风景也很妖娆。一份套餐才十几二十块，虽然叫小龙虾，但个头并不小，味道也是相当地肥美。吃的时候每桌上了一个小铁桶，供随时洗手使用，我们4个小土妞没来过，一个差点向服务员要汤勺，一个以为那是料汁，差点没把小龙虾泡进去。虽然很多团队游都会来Rotorua泡温泉，但很少有人有机会来Taupo吃这鲜美的小龙虾。我们这种打着留学名义，偷偷来旅游的游客，此刻感到了由衷的幸运。

到Rotorua没泡温泉就等于白来。于是我们填饱肚子后，走了折返的路，回到Rotorua。

路上片片草场苍翠欲滴，到处可见牛羊。湛蓝的天空中云彩就飘在头顶，低到只要一跳起来就可以够得到。我喜欢拍各种云，喜欢坐在车里对着它们发呆。

胡思乱想着就开始哼起了歌：“我头上有犄角，我身后有尾巴，谁也不知道，我有多少秘密。”

Paul和Crystal跟着我一起唱：“我是一个小神龙，我有许多小秘密，我有很多秘密。”

Chen纳闷地问我们：“这是什么歌啊？”

跟着旋律我们正好一人一句：“就不告诉你，就不告诉你，就不告诉你！”我们三个内地人哄堂大笑，然后Crystal就开始给Chen讲《小龙人》的故事，最终把他给讲睡着了。我就开玩笑说：“看来，香港小龙人已经找到妈妈了。”

Paul说牛都是排着队有序地去挤奶的，不像羊那样一群群地走。因为每头牛都戴着一个BP机，收到主人的信号，就会回去挤奶，所有的牛都很开心，因为它们不挤奶就憋得慌，和人不上厕所一样，所以就乖乖地排排队挤奶奶。这把我和Crystal 逗得都快喘不上气来了。

“真的假的？”我忍着笑问。

“不知道，反正我也是听说的，据说BP机就是新西兰人发明的，最开始是给牛用，后来人们觉得用这个联系很方便，就开始广泛使用。具体是不是这么回事，我也没去考证，反正听着是挺有道理的。”Paul回答。

正聊着，正好有一个牛群横穿马路，确确实实是非常有序地排成一排，因为一头牛就要有一两米长，所以感觉它们的队伍特壮观，以至于队伍长得根本看不到尾。清楚地记得交规里面考过，见到牛羊群在马路上，需要等待牛羊群先通过，这就是这里的让路规则。路上铺了一大块类似毯子的东西，每头牛穿过马路的时候，都自觉地踩上去，这应该是

1156

农场主事先铺好，防止牛群踩坏马路的。等了差不多10分钟，全部的牛终于都通过了。

在新西兰有六七百万头牛，挤牛奶当然也早已自动化。牛站在一个转盘上，工作人员把吸奶器纷纷吸到奶头上，机器就会自动吸出奶。否则，新西兰人不会因为数钱数到手抽筋，而是会因为挤奶挤到手抽筋。每头牛都会带有自己的芯片，那里记录着它们每天的行动和产奶量，农场主只需要坐在电脑前就可以一目了然了。

生活中，我们确实应该用简单的方法去解决复杂的事情，这样就可以留出更多的时间和精力去享受人生。

进市区没几分钟就开到了波利尼西亚温泉中心，这个地方大名鼎鼎，我们迫不及待地去浴室换上泳衣。走出更衣室，湖边的温泉池映入眼帘，浓浓的硫黄味道随着热气弥漫在空气中，平静的湖面呈深蓝色，像是被熨平的绸缎。太阳已经去地球的另一面上班，给天空留下余晖一片。

我们慢慢地将全身浸泡在泉水中，双臂张开放在泉边的石头上，望着天空中粉与蓝交融下的梦幻景致，享受着泉水给我们的按摩。Crystal突然发现，自己的手链没摘，已经被氧化得变了颜色。我们开玩笑说，要想试试买到的首饰是不是真货，就戴着来Rotorua，一下水便揭晓了。

短短20分钟的浸泡，皮肤居然一下变得那么嫩滑。这听起来像是某品牌化妆品的广告词，可确实是我当时的感受。从那以后，我就爱上了这种味。只要一闻见有臭鸡蛋味，就会神经兮兮地说一句：“等等！附近是不是有温泉？”

不会飞的鸟

为了照顾我们4个女生没有来过Rotorua，3位男生带我们去了真正的景点政府花园拍了留念照。这里有很多来自祖国的游客在拍照，看到自然觉得很亲切。虽然人美、景美、建筑也美，但我却不希望在此多留，这像是个旅途的停留点、歇息点。而在路上不同，经历的趣事印不到照片中，但却可以写在我们心里。照片是拿给别人看的，但心底的记忆却是留给自己慢慢读的。

Rotorua的湖边是另外一个团队游的景点，很多游客都在喂海鸟。有趣的是这里的海鸟都不会飞，因为游客一拨接一拨地给它们面包吃，已经把它们撑得不爱动弹了，抢面包全部成了纯地面活动，它们一扭一扭地，走起来像怀了孕似的。湖边的黑天鹅则是优雅地在我们面前一个劲地秀身姿，只要一拿出相机，它们就会缓缓地飘移，我相信它们一定知道我们是在拍摄，它们优美的飘移让我的脑海里自然地放起了交响乐。

离开湖边，我们驱车准备去毛利文化村看地热喷泉，可没走出几步又遇到路障，这次是4只鸭子。1只大鸭子，带着3只小鸭子正在过马路，居然还左看看右看看。后面几辆旅游大巴也跟着我们停在马路中间，我们看着它们一歪一扭地全家安全抵达马路对面，才踩油门离开。我喜欢新西兰人与大自然的融合。人类与大自然亲近的每个瞬间，都可以被勾勒出一幅友爱的画面。

进入毛利文化村，就像是回到了一千年前，感受着毛利人当年的生活。小路两边是蕨类植物，里面有一些毛利人曾经住过的小矮房子，那里还重现了毛利人当年是如何用地热烤食物。又往里走了会儿，路过了一个沸腾的火山泥池，这里可是纯天然的火山泥，浓浓的泥浆正在我们

LEWIS ST
SCHOOL
PLAYCENTRE
HISTORIC CEMETERY
SWIMMING POOL

脚下3米的地方沸腾，大泥泡此起彼伏地往上冒，可以清晰地听到“咕嘟咕嘟”的声音。看着一池子天然火山泥，我有种跃身跳下做个全身SPA的欲望。侧头一看，不远处的热温泉正喷射出水柱，我们连忙赶过去。水柱一会儿高一会儿低，最高的时候，看上去大概有十几米，观景桥附近弥漫着浓浓的雾气，有一种到了仙境的感觉。很多人拍照，也有人看到泉水一喷出来，就躲闪到一边，好像生怕自己被煮成一锅汤。通过小桥去到对面，我们坐在热热的岩石上烤屁股，有个旅游团的导游告诉我们，这样可以治疗痔疮，为了证明自己的健康，我们几个女孩一并站了起来，导游赶紧追加了句：“没痔疮也可以驱寒，坐下吧。”每个石头的小缝隙都会漏出温度很高的水汽，Paul一个不小心，就被烫到了手。屁股没烤红，手指头倒先上了色。

文化村的门口不远，有个小房子，进去后不得大声喧哗，不得拍照。这里就是Kiwi鸟（奇异鸟）的参观点，里面一共只有两三只，听说一般都很难看到，因为它们都喜欢躲在里面的树丛中。Kiwi鸟是这个国家的象征，新西兰人被称为Kiwi也是这个缘故。新西兰没有毒蛇和猛兽，地面上有丰富的食物，所以很多鸟类的飞翔能力都退化了，变成了无翼鸟，人类登陆后很多鸟类都陆续灭绝。Kiwi鸟是唯一幸存到今天的无翼鸟，已经濒临灭绝，因为它们不用飞，最后就逐渐进化成了一个“小圆球”，长长的嘴，又怕光，又怕吵。

Kiwi真是一个划算的单词，Kiwi Bird是奇异鸟，Kiwi Fruit是奇异果，平时我们管新西兰人也叫Kiwi。

“那我们是不是也可以管新西兰人叫奇异人啊？”Sammy问。

大家欢笑着并未否认。怎么不可以呢？Kiwi们确实有些“奇异”，他们帮助人后，给他们回报，就会生气；他们认为工作最重要的不是工资，而是欢乐；他们喜欢把钱一下子花在旅游上，然后变成一个穷光蛋；他们见到人就“傻”笑着打招呼，不管是熟悉的还是陌生人。

离开Rotorua我们又去Taupo附近滑雪。路过湖边，我们几个北方女孩抢着跳下车，把湖当海欣赏，摆着各种姿势拍照，而3个男生兴趣却并不高昂。可进入雪山，车还没停稳男生就跳了下去，四肢张开，左右摇摆，美颠儿美颠儿地喊：“雪！雪！雪！”Grace也和他们一起欢呼雀跃。Ray和Chen看到白皑皑的雪兴奋得快要哭出来了，说：“这是我们第一次看到雪！”

“啊？”我很是惊讶，居然是第一次看到雪。

在北京，每年冬天都要下几场雪，除了第一天穿上银装的城市很适合拍照外，好像也没有什么其他的好处了。空气冷冷的，路上太滑容易出交通事故，融雪剂把雪变成了泥，没走两步裤子就溅得全是泥点。雪，有什么好看的？

人常常忽视了身边的美好，没去珍惜，反而看到的都是它的缺点。在他人眼里，它们是那么妙不可言。我们当时的心情，一定和他们看到我们欣赏湖景时一样。

假想，北方人再也看不到雪，南方人再也看不到海，我们会不会想念那本来属于我们的美景？

珍惜和发现我们周遭熟悉的美好吧，因为惋惜永远不可能成为后悔的解药。

物是，人更是。

冰火两重山

新西兰很多地方都有i-Site（信息中心），里面有大量的手册可以免费索取。在Rotorua的时候，我收了很多册，其中包括很多有趣的冒险项目，不过一看价格，就放到了一边，把它化作深爱埋进心底。翻着翻着，看到一个叫White Island的小岛，在那儿可以看活跃的火山。我一下来了兴致，赶快向大家促销，虽然价格也不便宜，但觉得自然景观要趁早看，万一哪天大喷发了，就看不成了。

“如果你真的想去，就别说它快要大喷发，好不好？”Chen开玩笑地说。

我做了一个用封条封住嘴巴的动作，大家便决定从银光耀眼的雪山向岩浆滚滚的火山出发。

这是一座位于海中央的小岛，我们先要开到Whakatan（瓦卡塔尼），然后再坐船过去，距离陆地差不多50公里，需要两小时左右的船程。

White Island（怀特岛）是新西兰唯一的岛屿活火山，工作人员告诉我们，这里的预警级别是排在新西兰第一位的。还没到就能看到远处岛上冒出来的白烟，船在离岸边还有段距离的地方停下来，工作人员给每人发了一个头盔和面罩，这更是增加了我们紧张的心情，不会真的要大喷发吧？接下来我们几个人一组坐着皮艇到达岸边。

本来已经安全上岸，但导游的话让我们再次屏气敛息。他再次强调，我们目前登陆的是活跃的火山，随时都有可能喷发，一旦喷发我们需要用最快的速度躲到大石头后面，说完还拿出一份协议让我们签署。当时我就假想，万一火山喷发了，岩浆滚滚而出，把我们冲走，那滋味……

既来之则安之，我们跟着导游往前走。越往前走越像是离开了地球，反而有点像来到了月球，地面很多碎石头坑坑洼洼，岩石布满硫黄物质凝结成的固体，呈暗暗的黄色；除了偶尔看到一些苔藓类植物和几只前来参观的海鸟外，没有碰到任何其他的物种。站在最大的火山口往下看，下面三四十米的位置正在“煮”着的泥浆，毫无收敛地四处飞溅，巨大的轰响声随即托起白色烟雾，味道刺鼻。这里更像是上帝的食堂，他好像正在为自己做着一顿大餐。

望着滚滚泥浆，我像是看到了世界的尽头。大自然的力量人类无法抗拒，地球也只是宇宙的尘埃。如果说宇宙不是无限的，那宇宙之外又是什么呢？宇宙肯定是无限的，人类永远无法达到它的边缘。人类那么渺小，我那么渺小，既然如此，作为宇宙的太仓一粟，我们何必常常让自己患得患失，为琐事烦郁呢？

这样一想，我豁然开朗，一切哀寂都一下子化作尘埃，失重地飘去宇宙中了。

发生什么都不要惊讶

为了比米粒小的动物，我炸了自己家/离我很远，又离我很近

新西兰的夏季具有极强的诱惑性，清新的苍穹，葱郁的绿地，路边各式建筑在阳光下无比娇艳，即使坐在房间对着电脑写论文，也会有一阵小风从窗间吹来，轻抚着我的肌肤，勾引我走出家门。我自然抵不住诱惑，对论文说声：“对不起，我会把夜间的时间留给你。”关掉电脑，再内疚地给它一个飞吻，抓起车钥匙，就出门了。

车子虽然已经开在路上，但我根本没想好要去哪儿，所以就以40迈的速度前行。每到一个环岛都有三四个路口的选择，我这个路痴，根本不知道哪条路通往哪里，只是随心情随便选一条路开，等想回家的时候再停在路边翻地图，这种方式别有一番情趣。其实生活中，每个人都是路痴，在起点的时候，我们从不知道终点在哪里。因此我们怀着美好的希望，翘首以盼路的尽头可以得到一个满意的答案，一个可以让我们欢呼雀跃的惊喜。

虽然我的车速很慢，但开着开着前方还有一辆车子以更慢的速度行驶，还有点左摇右摆。我小心翼翼地超车，侧头看过去，原来是一位花白头发的老奶奶正在驾驶。那是一辆叫不上牌子的老车，她双手握着方向盘，认真地望着前方，手因为上了年龄有些不受控地颤抖。

试想要是我已白发婆娑，也许不会觉得汽车里是我养老的地方，没准那时我会躺在病床上，戴着氧气管，“呼哧呼哧”困难地呼吸。因为我们常常会这样设想自己的老年，到了那个时候就真的进了医院，上了病床。而这里的老人从来不把自己当作老爷爷老奶奶，路面上经常可以看到他们开着音乐游车河。一次我在海边慢跑，看到前面有个身材妖娆的美女在跑步，我加快脚步，超过去一看，原来是个老奶奶。新西兰著名的老奶奶海伦·塞耶一生追求冒险与刺激，在63岁时还徒步2600公里，穿越了戈壁沙漠。

那个年龄离我很远，可时间是无情的强盗，没一会儿就会把我的时光洗劫一空，其实那雪鬓霜鬟的日子离我又很近。

不知不觉，在一个个路口与环岛的随意选择中，我从西区开到了东区，便在半月湾附近的咖啡厅点了一份午饭，坐在户外享受起来。咖啡厅门前的花池里各色小花尽情开放着，它们在阳光的照射下更显艳丽。正在我吃完盘中餐，肆意地发呆之际，小麻雀和海鸟已经站在我对面的椅背上，看上去是因为我独自用餐略显孤独来陪我，其实是盯上了我盘中剩下的美食。它们很聪明，看我已经放下叉子，在发呆，就站在椅背

9am-6pm
KAIPARA
DISTRICT

上假装无意地等待。我看向它，它就赶紧扭过头不看我，装作一副不经意停靠此处的样子。周围还有几只海鸟在盘旋。只要客人没有离开，鸟儿们一般不会飞来抢食物的。可我对它们太残酷了，因为我坐在那里足足发了半个多小时的呆，懒得连换个姿势都不愿意，要说是在演雕像，也许能拿个戛纳奖吧。小麻雀就一直站在椅背上等，想必小脚都站麻了。我把盘子往它的方向推了推，看它飞了起来，但还是不好意思站在桌子上直接吃，我又把椅子往后退了一小点，它便尝试地落在桌角。我也学它，赶紧假装看别处，用余光看到，它开始享受盘中的美食，时不时地还歪着脑袋看我。为了不打扰“人家”用餐，我离开了咖啡厅。

我清楚地知道，我一辈子也不可能变种成小鸟，或许下辈子我是鸟儿，但那离我很远，然而这辈子它们却常常离我很近。

自从认识了Crystal，我看地图的能力越来越好，别看她没车可却有看地图的癖好，平时身上随时带本地图，慢慢地，这癖好也传给了我。

找到路牌，确定自己的位置，就开始照着地图往家开。

酒足饭饱后，我打开电视，新闻在说，一只小猫每天固定出门散步两个小时，路上还要搭乘同一辆公车，由于属性特别，从来不购买车票，也不用承担法律责任，它清楚地知道在哪里上下车，在目的地散完步，再悠哉地坐公车回家。

我正在感叹于这里小动物的智商，就感到脚腕一阵痒。我把自己的腿当别人的，使劲挠，都快出了血。不一会儿，脚腕上就出现很多小红包。新西兰很亲近大自然，家里都是没纱窗的，开着灯的时候，小飞虫、小蛾子都有可能飞进来，我们也不管，就让它们自由地在灯前飞舞。这里的蚊子也是嘴下留情的，我就从来没被咬过。可今天，我是招惹谁了？在我腿上咬了这么多的包。我赶快拿出从中国带来的清凉油，抹上去。

晚上赶论文的时候，发现腰部一圈都是这种小红包，痒得想跳楼，只恨此刻自己住的是平房。我意识到我的衣服里可能有什么虫子，就赶快换了新的睡衣在床上仔细地找，除非它是隐身的，否则我一定可以抓到它。可捉“贼”未遂，只得继续“码”论文。许久，我趁着痒痒劲儿过去的时候，赶紧上床睡去了。

然而，夜里我却生生地被痒醒，这滋味比被疼醒难受得多。打开灯一看，我的脚指头、脚心都是包。我抱着两个脚丫子一个劲地挠，发现腿上也有，因为腿的面积大，一下看出了破绽，红包都是连成一串的，每隔一两厘米一个，三四个一起形成一条直线！

跳蚤，这就是传说中的跳蚤。我中招了！

早上，我赶快给Lee打电话，记得那次陪他去钓鱼的路上，他讲过被跳蚤咬的事。

新西兰是典型的海洋性气候，空气湿润，夏天的温度适宜，是跳蚤滋生的好季节。据说它们可以跳七八寸高，这比它们自身要高出二百多倍，所以一定是我外出的时候，它正巧跳到我身上了，它们在暗处，我在明处。我准备把所有的衣服和床上用品都放进洗衣机，狂洗几遍，可Lee说，那也是无济于事的。它们每天可以产下几十只卵，等我洗完了，它的后代早都把我吃掉了。这太可怕了，我觉得游戏公司不应该出什么植物大战僵尸，而是人类大战跳蚤。在Lee的指导下，我沿着被子边有线的位置一点一点找，果然看到了那个小东西，刚要去抓，就眼看着它跳了起来。原来，脚腕和腰部被咬得最多，就是它们都躲在边缘夹缝里的缘故。我决定一定要抓住它。等了一会儿我又重新找到它，用两个大拇指的指甲对准一夹，只听“嘎嘣”一声，它安息了。我恶狠狠地端详着这只让我痒不欲生的家伙。它特别地小，需要使劲看才能看清楚，它身上布满毛刺，有点透明。我用纸巾包了很多层，把它放在了马桶里冲走了，生怕它再复活。最后，对着马桶默哀了三秒钟。

对于它的后代，我只得去超市买“对抗品”了。没想到，超市里专门有一排货架是卖“跳蚤炸弹”的。这是一种蚊虫喷雾状的东西，在“炸”家的时候需要把所有衣柜和抽屉都打开，被子也要摊开，总之是像做一个盗窃现场的场景出来。然后关闭所有电源和门窗，把“炸弹”放在屋子中间，一下按下去，按钮会自动卡住，一直保持喷雾状。我赶紧逃出房间关上门，屋里“炸弹”发出长鸣的“刺刺”声，很过瘾。几个小时之后，跳蚤后代在我的房间里灭绝。

以前一直不知道什么是跳蚤，跳蚤市场倒是接触过。原以为，它们离我很远，其实它们离我很近。

在新西兰“耍”警察

为了感谢Lee的灭跳蚤指导，我请他吃饭，考虑到一边开车一边挠脚腕实在不太安全，就让Lee来家中接我。吃过饭，我们和大部分学生一样，聊了聊最近的移民政策，大概10点多，他送我回家。这个时候路上已经没什么车，新西兰的路面限速是50迈，很容易就开超速，一超速我就提醒他。新西兰超速罚款很贵，严重的还要被告上法庭，罚做几十个小时的社会服务或遣送回国。

Lee让我不要担心，有天晚上他开超了速，警察鸣了警铃，可他一脚油门就开了出去，看街边有条小路，一下拐了进去。路边停着一些车，他找了个地方迅速停下来，熄火，灭灯，把座椅放倒。几秒钟后，警察也拐了进来，并踩足油门向前方追了过去，就这样他省下了100多块的罚单钱。正聊着，我们的车速又上来了，还没来得及提醒他，警察就追了上来，Lee反而加大油门，往前开。可街上没有小路可拐，我很害怕，劝他还是停下来吧。他想了想，让我装病，看看警察能否放我们一马。紧要关头，我肯定得站在难兄难弟这边。我们把车停下来，警察下车，道："Have a good night? "我赶紧装作不舒服，Lee道："My friend is sick，we are going to the hospital."警察问什么病，我们也说不上来，就说是uncomfortable（不舒服）。我装得非常像，面部狰狞捂着肚子。Lee求情能不能不开罚单，警察则毫不犹豫地让Lee赶快上车。他怕我们不认识而走错路，所以由他开道，我们一路跟着直奔医院，在警察的目送下我们走了进去。那个晚上，我们在医院里溜达了好几个小时才敢出去，真是荒唐得要死。

对于这事，我们一直很内疚。本是希望逃过一张罚单，可没想到却用谎言换取了别人的同情。如果可以重新选择，我们会选择那张罚单，而不是滥用别人的善良。

那里的人们总是这样，你说什么他们都会相信，渐渐地，我也学会了真正的信任。直到现在，我都会对我的朋友说："只要你说，我就会信。"

可也因为这样，我曾被蒙骗，但我依然坚持，因为我相信，信任最终会感化谎言，就像天使会战胜恶魔一样。

入室抢劫，装睡避难

被毛利人惹，是一件平常的事情。这听起来确实胆战心惊，但却是个不可隐瞒的事实。一次我在城市的火车站等车，一个毛利人非向我要

Smith&Smith
KAYAKS

SUPER
SALE

TIRAU
MOTORS
LTD

NorseWear

SWAP MEET
SAT 23 FEB

钱，我假装不懂英文，对他说中文：“不懂，不懂。”好长时间，他才离开。到了市中心，在路上走着走着，突然觉得自己被什么撞到，这次可不是个小孩，而是个壮壮的毛利人。他一边回头，一边对我坏笑，一副搞恶作剧成功的样子。还有一次，我走在静静的街道上，突然冒出两个毛利人，向我大叫，然后吐舌头，吓得我魂飞魄散。看到我被吓到，他们得意地笑了起来，我便胆怯地快步离开。

那天，在卡拉OK打工，一个女同事紧张地跑进来，不停地回头。原来，她下午才取了200新西兰元，就在上班途中的小路上遇到两个抢劫的毛利人。他们欲抢过她的包，她没有撒手，一下抢了回来，然后顺着小路就往外跑。毛利人紧追不舍，女孩也不放弃，拼命跑出小路。她没敢回头，一路跑到卡拉OK。

说来很奇怪，毛利人一般劫财的手段都是走着走着就抢走路人的包，然后撒腿就跑，方法很直接。而从不会用刀子割开包，或站在身后偷偷掏包的方法。拿完现金，他们会把包扔在一边。很多朋友被抢后，都找回了自己的包和证件，当然现金早已被洗劫一空。

我打工的餐馆是在路边，一有毛利人进来，我就会大喊一声：“大家把手机收好。”因为专程来抢劫的毛利人，只要看到桌上有手机，直接拿起来就跑。这个毛利人看我一喊，大家就都纷纷收起了手机，便冲我喊一句：“Fuck！”转身离开。

在新西兰，人人都有过被毛利人招惹过的经历。

那天，我去Crystal家玩。房东全家出动要去海边抓螃蟹，叫我和Crystal一起，可我们一周忙碌的学习和打工下来有些精疲力竭，就决定在家休息下，聊聊天。窗外，房东把几个塑料箱子、沙滩毯、鱼竿放上车子，全家纷纷上车，离开了。

我和Crystal关着房门，听着当地的音乐电台，边吃薯片边聊天。不一会儿，突然觉得楼下有动静，还以为是房东落了什么东西，回来取，可窗外却没看到他们的车。我们警惕性地关掉收音机，仔细一听，楼下的动静像是在猛翻东西，还有用英文对话的声音，一下意识到是有人入室抢劫。我们一时不知道如何是好，新西兰房子的房间，大部分都是没有锁的，Crystal的房间在二楼，又不可能跳窗户逃窜。为了保证人身安全，我们灵机一动，没有选在第一时间报警，反而双双躺在她的床上装睡。那是一张稍宽的单人床，躺两人刚刚好，我们都面朝着墙，背对门。预料之中，劫匪轻轻地推开门，可以感觉到，当看到有人躺在床上的时候脚步顿了下。我努力让自己的喘息更加放松平稳，像是真的在沉睡，可却感到空气稀薄，喘不过气来。房间不大，细微的动作都听得很清楚，听得出是两个人，他们还在轻声交流。他们轻轻地拉开每个抽屉，选择了一些想要的东西，大概一两分钟后就离开了房间，并轻声带上了房门。虽然是100多秒，但我的心脏好像已经跳了10000次，听到他们的脚步渐行渐远，我们才敢抬起头，窗外的两个毛利人上了路边的旧车，驱车离开。

他们拿走了笔记本，拔走了电源，拿走了相机，但没来得及找充电器，拿走了第一个抽屉里散放的几十块现金，但没翻我们的书包。我们躺在那儿，相信他们行动起来也会很紧张的。报案后，警察和Crystal确认她的财产是否上了保险，如果有，可以拿着电脑和相机的购买发票去保险公司办理赔偿手续，并对此做了备案。

毛利人在一千年前首先登陆新西兰，并世代居住在这里，英国人发现这里后在1840年与毛利人签下《怀唐伊条约》。毛利人有很多特殊的

NO

待遇与福利，因此他们有很强的惰性，很多毛利人都不工作，只靠政府福利生活。他们很会省吃俭用，只要汽油价格稍微降下来一点儿，他们就会拿两个大塑料桶装满，留着之后用。

毛利人抢劫的事层出不穷，尤其是在著名的景点。旅游车一般只能停在靠山下的位置，等游客们都上了山，毛利人就砸碎玻璃，然后偷出游客的包，逃跑。不管是不是景点，我们都不会把包放在车里，因为去修理玻璃所花费的肯定比丢的现金要多。很有趣的是，只要车子有小块车窗玻璃，他们就不会去砸大的，我猜是因为他们也理解修理玻璃的价格是很昂贵的。

一个朋友的咖啡厅里，曾遇见过毛利人持枪抢劫的事件。毛利人把枪对着服务员，抢走了柜台里的现金。不过他们后来怀疑，那可能是一把玩具枪。

很多毛利小姑娘年纪不大，就在Massage（按摩院）工作。我在台球厅工作的时候，总赶上几个小姑娘来我们这拉活儿，影响到来打球的顾客。我每次都用报警吓唬她们，刚拿起电话她们就会赶快求情："Please，please."还一副满脸无辜的表情。后来，她们闲暇的时候，会坐在台球厅外的院子里休息，没有再影响到其他客人。毛利女孩告诉我，她之所以常来我们这儿，是因为喜欢这里放的Hip-pop歌曲，都是当下最流行的。这说得我挺高兴，因为台球厅的音乐是由我负责的。有一天，她拿来一张CD给我，是特意刻的最新的Hip-pop歌曲，送给我们使用。

时间久了，和毛利人交流我有了自己的方式。他们很疯狂，很直接；他们会因为一件小事傻笑上大半天；他们很容易满足，也许递去一杯酒、一根烟，他们就会露出本真的笑容。和他们在一起，自己也会刹那间变得玩世不恭起来，很轻松，很过瘾。那一刻，他们就是把我当朋友，我就是他们中的一员。不久后，女孩又送了我张个人专辑的CD，那是位深受当地人喜爱的歌手，叫Bic Runga，是中国人和毛利人的混血，歌声是类似王菲、金海心、王菀之那种带点鼻音，细声细调的类型。《Listening for the Weather》《When I See You Smile》和《Something Good》都是我非常喜欢的歌，特别适合在车里播放，边在静谧的街道上游车河边听。

送我CD的女孩身上有文身，这和黑社会与时尚都无关。毛利人的语言没有文字，他们使用复杂的图形和画面来记录自己的文化，他们的雕刻和文身的不同图案都具有深刻的寓意。任何一个民族都有他们的故事，不管怎样都值得我们尊重。

世间的事物没有绝对的好与坏。我甚至一直觉得就算是再凶恶的人，都会有可理解的犯案缘由，更何况是身边的人犯下的小错误呢！“Forgive”可以筑建出贞美的心灵。

心美了，世界必然就美了。

当小轿车撞上了火车

火车旅行是当下流行的一种旅行方式，新西兰也拥有多条美丽的线路。可我那次去Palmerston North（北帕默斯顿）却仅仅是把火车当交通工具。

Palmerston North是靠近惠灵顿的一个小城市，那里是梅西大学主校区的所在地。朋友要去那里探望以前的同学，那正好是个周末，我就决定一起去，我们选定火车作为交通工具。火车进站，却和我想象的大相径庭。火车从头到尾只有四五节车厢，而且开起来的速度像是只铁乌龟。

火车开了三四个小时，居然渐渐地停了下来。没人知道发生了什么。大家正纷纷猜测中，一位中年女士从另一节车厢进来，告诉大家自己是这趟火车的列车长，她含泪宣布，一辆小轿车横穿轨道，被我们的火车撞上了，如果火车急刹会造成脱轨，所以只得逐步减速，推着小轿车开了一会儿，直到停止。车上有4个人，怀疑其中3人已经遇难。列车长涕泪交流，不停地低声说Sorry，然后去了另一节车厢。没一会儿，直升机从远处飞来，虽然情绪悲伤，但看到直升机却略显好奇。巨大的轰鸣声，让我有拍照的冲动，刚掏出相机就被朋友阻止住。确实没错，这样危急的时刻，我怎么能为直升机拍照呢！知错后，我收起了相机。直升机是新西兰普遍使用的交通工具，除了救援，有的时候抓超速也会用直升机来追。

列车工作人员安排我们一一下车。全车人集体沿着铁道走了20来分钟，到达附近的一座小镇。工作人员把我们带到一个咖啡厅，并告诉老板刚刚发生的悲剧。小小的咖啡厅有个温馨的小院，屋里屋外都站满了乘客，咖啡厅一下就火爆了起来，想必这里第一次光顾这么多的顾客。他叫来了家人一起招待我们，乘客排队买咖啡，他的老婆就一杯一杯地做。冰箱里的各式蛋糕也瞬间被一扫而空。

两三个小时后来了大巴车，把我们送往Palmerston North。上了大巴没多久，就下起了雨，车速也减慢。我们昏昏睡了会儿，晚上8点到了目的地，天已全黑。大巴停在火车站，我们走到路边，等朋友来接。刚一站到路边，就有辆车停下来问我们要不要搭车，我们赶快道谢并告知有朋友来接。过了一会儿，又一辆车问是否需要帮助。我们在那儿站了15分钟，一共有4辆车停下来。我还没见到这座城市白天的面貌，就已经爱上了它。我想这是因为我爱上了这里的人。

记得谷岳也说过，在他搭车的旅行中，新西兰是最容易成功搭到车的国家。

晚上，来到朋友的同学家，我们一起围坐在电视前，电视新闻正在报道这起事故。我一副少见多怪的样子，手舞足蹈地向他的同学叙述着今天的事。

我的朋友拍了拍我，略带安抚地道："送你一句话，发生什么都不要惊讶。"

这短短的几个字敲醒了我，北京小妞咋咋呼呼的性格就此收敛了些。在生命里，下一秒永远是一个未开启的盒子，不管发生什么样的事情，我们只能欣然接受。我学着"发生什么都不要惊讶"，并毅然决然地把这句话用在了《十年飕飕》的故事里。

所失去的并不一定是最重要的

有天我在饭馆上班，一位Kiwi驾着轮椅进来，后面跟着个亚洲女孩。我去给他们点菜，女孩不但来自中国，还说着一口北京话，当时我猜想她是嫁给了当地人。

结账的时候女孩和我搭话，问我想不想再找一份兼职。原来轮椅上的Chris是个残疾人，这个北京女孩是他的全职护工，但不想七天都工作，希望周末可以休息两天，可一直没找到合适的人选。吃饭的时候Chris一直在观察我的工作，觉得我干事认真麻利，而且喜欢笑，所以让女孩来问我。我望了眼Chris，他听不懂中文，但肯定知道我们在说什么，他扇动着睫毛，投来恳切的眼神，像个孩子。他们吃饭的时候我注意到，他是个高位截瘫的残疾人，就连五个手指都不可以自由活动，只能把勺子卡在五指中间来吃饭。所以我连工资都没问，当即就心生怜悯

ami
AA Welcome

postie
OPEN
FISH
'n'
CHIPS
BURGERS
CHINESE FOOD

地答应了。就算是义务的我也愿意帮助。之后女孩告诉我，他给的工资是每小时16新西兰元，这可是我在餐馆工资的三倍。

所谓的家庭护工就是照顾他的一切起居生活，从早六点到晚七点，虽然十三个小时都是在他家工作，但远远没有想象的简单。《十年飕飕》里面我提取了一段真实的画面写了进去，很多读者都问我，那是不是真的。那完全是根据真实的工作状态提炼出来的描述，每天早上我要做的第一件事就是摘下他的尿包，把尿液倒进池子后再插回去。随后要为他按摩全身，拉筋，换药，帮助他排便，最后把他从床上安顿到轮椅上，然后去报亭给他买一份《新西兰先驱报》。

《十年飕飕》片段

周末，迎来了第一个高薪工作日，班步穿上了一身运动装，来到洋人家，在另一位中国女孩的教导下，开始学习伺候人。她看起来和班步身材相似，站在洋人旁边，显得十分娇小。

“你每天进了院子，拉开这个推拉门，然后从他身上越过。”女孩边说边指着被床挡住的推拉门，“客厅的门，是晚班女孩从里面锁好的，走的时候也是越过他离开。”她边说边演示了一遍。洋人宽大的身体占满了整张单人床，躺在那里无法动弹，任由她从自己身上越过。

“然后去客厅开门，从外面回到推拉门前……”

“啊？为什么？”班步打断她的话，问道。

“需要把尿管拔出来，倒掉尿液。”女孩拿着透明的导尿袋，黄黄的尿液清晰可见，“尿液倒到洗衣房，很骚，你要屏住呼吸。”两人边说边走到洗衣房，回来的时候带上了装满温水的水桶、肥皂和毛巾。

班步深吸一口气，为了她想得到的一切，暗自鼓励自己，坚持，这不算什么！

回到床边，女孩一下拉开他的被子。顿时，男人的身躯赤裸裸地呈现在班步面前，200多斤的肉全部摊在床上，私处坚挺，这让她有些胆怯。

“不是高位截瘫吗？”班步用中文胆战心惊地问。

“是的，放心吧，没事，他看到咱们小姑娘，就兴奋，况且早上都这样，毕竟他还年轻，才30岁。”女孩解释道。

“啊？……哦……不会哪天突然站起来吧？”从一进门开始，女孩教她的每一步都让她紧张地咽着唾沫。

“他也想啊。放心吧，他只有头和胳膊可以动，手指都不行，他也只有胡乱想想的份儿了。”女孩说着已经开始擦洗他的身体。

“他要求清洗全身，听好，是全身！包括那里！而且隐藏在里面的地方也需要清洗。”女孩特意强调。

“啊？”

班步已经紧张到需要大喘一口气。她屏住呼吸，定神学习，女孩像是擦洗着一个放倒的假人模特，认真地擦洗着他的每一寸肌肤。

“他完全无法自理，所以，我们得把他当作我们自己，如果不清洗干净，第二天身上就会有异味。”

接下来的工作是拉筋。女孩跪在床尾，抬起男人的一条巨腿，放在自己的肩上，然后用力把腿靠近他的身体，往下压。班步跟着她做完了20多分钟的拉筋，红色帽衫的肩膀位置已经落满洋人脚底的代谢物，她掸了掸皮屑，透过清晨的阳光看到它们飘落到地上。

“接下来是排便，首先要帮他侧过身，然后在他身下铺一张吊起布。”女孩说着班步未听过的中文名词，并且吭哧吭哧地摆弄着裸体的庞然大物。洋人侧躺，臀部对着两个人的脸。只见女孩从抽屉里面拿出类似子弹头形状的药物，戴上塑胶手套，一手扒开臀部的两堆肉，然后麻利地把药物填进中间的巢穴，最后再用其中一个手指顶到最深处。

“这是排便弹，12分钟后，开始吊起。”她边说边摘掉已经沾有异味的手套，扔进旁边的垃圾桶。

“怎么吊起？”班步完全无法想象，200多斤的人怎么能被吊起来?

女孩带班步走近一架机器，说：“这个是吊起机，有四个承重点，刚才吊起布上有四个孔，把机器推到床边，用最快的速度把挂钩挂到孔上，然后使用遥控器，把他从床上吊起来，用力将他推进到准备好的排便椅和便盆上，再用遥控落下。”女孩耐心地逐步解释。

12分钟刚到，洋人大喊，意思是说快要生效了，让她们迅速吊起，班步手忙脚乱地帮助女孩，把吊起布的四角挂到挂钩上，但洋人太胖，总是差一点点才能挂上，班步使出吃奶的劲儿，挂上了最后一个。升起他后，两人把他推到排便椅旁，紧接着，女孩双手操作遥控器，像是控制着一个大型玩具，让他降落在排便椅上。只听噗的一声，臭气随之弥漫于卧室，女孩抄起空气清新剂喷了一通，拉着班步逃到客厅。

“他们这种人可真不容易，起个床都费这么大的劲儿，这就应该差不多了吧？”班步边擦汗边说。

“这还没完呢，一会儿还要帮他擦干净，然后把粪便倒掉，清洗干净，再把他运回床上，穿上衣服后，再要吊起一次，放到电动轮椅上。”

“这还真需要稳、快、准。他那庞大的身躯，那小轮椅够坐吗？”班步担心地问。

“刚刚好，所以吊起、放下的时候要准。这一天最辛苦的事情差不多就是这些，其他的时间，就是帮他出去买报纸、煮咖啡、做饭、聊天、看电视，就随他心情了。”

“他人怎么样？”班步两手哪儿都不敢碰，只觉得手上沾有很多异物。

“人不错，就是有时候也会发脾气，你让着他点儿就行了。”

由于他常年无法运动，看上去有200多斤，样子有些显老，我猜他有四五十岁。

他很健谈，早上一边看报纸，一边指导我做早餐。早餐上桌，我们就一边吃一边聊。这才知道，他才刚刚30多岁，是在26岁那年出的事。那天他和几个朋友在海边喝多了，非要给大家展示跳水的美姿，从一个小悬崖跳入海里，没想到一下磕到水里的礁石上，正好伤到颈椎。现在除了颈部和胳膊，其他地方都无法动弹。说着，他还抬起胳膊指向窗外，远处可以看到一个停靠飞机的空场，里面停着几架红色的直升机，他略带兴奋地告诉我，当时就是这样的直升机去救他的。他越说越兴奋，摆弄着两只胳膊，像是在讲电影大片里男主角的故事。我听着听着，眼睛就湿润了，而他倒反过来安慰我说，不要伤心，这只是件小事儿。我去拿餐巾纸的时候，他一个不小心把勺子掉在了桌上，可他的手指不能动，试了几次都没拿起来，我刚要去帮他，就被他调皮地拒绝，道：“Look，Look.”说着用下巴把勺子推到边缘，卡在手指的缝隙中。他的表情一下子得意起来，像是又完成了一次成功的表演。

照顾他，我非常有压力，甚至有段时间，一到周末就会失眠，因为按摩、排便等过程，操作都需要非常精准，不允许出一点儿差错。另外，我还需要把我怜悯的心藏起来，要装作看到他那样，还很快乐。然而，内心中却有种说不出的无奈和阵阵心酸。有时，我偷偷凝视他大大的眼睛、长长的睫毛、丰满的双唇，长期浮肿的脸庞，还可以看出他原

有尖下巴的轮廓，当年一定也是英俊潇洒。

他很有生活情趣，平时把音箱放在院子里，播放电台的音乐。院里种着一些西红柿，他教我如何修枝剪叶，熟了的西红柿就让我摘下来直接吃掉。周末，有小朋友在街道上骑车，他就主动要求和小朋友赛车，小朋友骑着自行车，他就开着他的电轮椅，逗得小朋友眉开眼笑。下午没事的时候，他就让我去影音店租我喜欢的电影回来一起看。

有时他还会从二手车市场买回来旧车，进行翻新改造，然后再转手卖出去挣差价。那段时间，我很不情愿帮他做这个事。汽车停在院内，我要一点点地用砂纸打磨车身，直到平滑。有的车还需要钻到操控台下面，去修理音响的电线，他在一旁指导，说着什么红线绿线怎么接，听得我一头雾水。每次搞这些东西，都要花上整个周末。结果就是，我被晒成品牌牙膏——黑妹。

他的后院很大，里面长满了花草。在新西兰的土壤上，草儿长得都很“茁壮”，如果太高不去修剪，就会有邻居向City Council上报。一次他让我去后院剪草，那倒不难，就是推着剪草机走。可还没剪两步，就有很多蜜蜂开始围着我转，我尖叫着跑了回来。他鼓励我，只要我不去招惹它们，它们就不会发起攻击。可我还是不敢去，他有些生气，说了一句：“You are a city girl.”（你是一个城市女孩。）我当时被蜜蜂吓得半死，也有一股怨气，就顶了他一句：“Yes，I do not want to be a country girl!”（是的，我不想成为一个乡村女孩！）

没多久以后，我就辞职了。因为我十分不喜欢种西红柿，修理汽车和打理花园。

几年后，我回到中国工作，抬头看到的是高楼大厦；进门被关进的是格子间；出发被挤进的是铁皮车厢。同事过生日，我们去工体西门的Club庆祝，现场觥筹交错，乐不可支。旁边陌生的短裙美女眼珠不停地转，像是在搜寻猎物。我猜，她们拥有的都是荒寂的虚灵。

那一刻，我突然不想做city girl了，反而更希望自己是个country girl。坐在灯红酒绿的Mix里，突然怀念起我修剪过的那株西红柿，翻新过的那辆汽车，没能打理好的那座后花园。

久久我才明白，为什么Chris失去了那么多，却没有半点悲观。因为他拥有充裕富足的心灵，意外中失去的仅仅是身体的行动能力。也许在他看来，那只是人生的十分之一罢了，剩下的十分之九，他还可以继续去享受。

城市中，我们把物质的东西看得太重，却大大忽略了精神层面的享乐。想想Nick Vujicic（尼克·武伊契奇），难道他的人生不比我们每个人都精彩吗？

肯定有那么一天，我会找到那条通往他家的道路，自行打开木栅栏院门，给他送上一个热情的拥抱。然后一整天向他学习种西红柿，修理汽车和打理后花园。

75
27

一个“电灯泡”的幸福

他爱的人，取向变了

新西兰是个生活节奏很慢的国家。几年过去后，周遭的事物仍没有任何变化。街道还是那么恬静，海还是那么清透，笑容还是那样蔼然。最多就是2升的牛奶从每桶1.99新西兰元涨到了2.19新西兰元而已。

等待移民审批的日子里，Grace搬到了离工作地点比较近的地方，我则特意找了一栋与新西兰人合租的房子住下来。房子虽然看起来有点老，但家电无比齐全，超大的电视、纯皮拐角沙发、钢琴，甚至有能打奶沫的咖啡机。房子前后各有一个小院，后院还有木桌椅和吊椅。房子里有三间屋，只住了我和另一个Kiwi，而房东则是柬埔寨人，客厅挂有她的照片。

和我同住的Kiwi叫Gary，他比我大几岁，在当地的网络公司做技术，因此我们家的网由他全权负责。我像个独身老太太，有事没事就拉着他陪我说话，练习英文。有的新单词我来回来去问好几遍都没记住。

一次，他突然对我说中文："笨蛋！"

我本以为他就会说这么一句，就回他："你才笨蛋呢。"

他居然满脸坏笑地反驳："我不是笨蛋，你是笨蛋。"

原来，他曾在中国待过两年，是在湖北的一个小城市里学习中文，同时教英文。他之所以选择那里，是听说那个城市里只有四五个老外，这样能更好地了解中国的文化和学习语言。但回到新西兰几年，中文已经忘得差不多了，简单的交流没问题，记得最清楚的就是"笨蛋"。

IT行业在新西兰相当吃香，自然工资也不低，可Gary不但没买房子，也不买汽车。他最大的财产就是自行车，每周末都背着登山包，骑着自行车，去附近的超市采购接下来一周的食粮。他很少买新衣服，也从不给自己房间添置什么装备，表面上看，简直就是个中关村IT青年。

Gary不算是外向的人，但具有很强的亲和力。他从不发脾气，所以明知道不礼貌，我却还是问出了口："你的工资多少钱啊？"

他居然毫不犹豫地告诉我："一年12万新西兰元。"

"12万新西兰元，那么多？"我惊讶地掐指一算，要合60万人民币呢。

"还好吧。"他淡淡地。

"那你的钱呢？"我追问。

他"扑哧"一笑，道："当然是在银行。"

"你是留着买房吗？"

他疑惑地道：“不是啊。”

“要买车？”

“不是啊。我没考驾照。”他纳闷地回答。

“你是留着结婚？可你现在还没有女朋友啊？”我打破砂锅问到底。

他被我问蒙了，疑惑地问我，钱为什么非要买房子、买车？结婚和买房子又有什么关系呢？为此我从房间拿来电脑，打开电子辞典，准备和他深深地讨论一番。

他渴望谈恋爱，可他是个不婚主义者，每次都会坦诚地告诉女孩，他并不想结婚。我猜，这应该是他没有女朋友的原因吧，没有几个女孩愿意接受不婚主义恋爱的。然而他的坦诚，却使他变得可爱。

他曾有个马来西亚的女朋友，但后来不知什么原因和他分手了。之后才知道那个女孩的性取向出了问题，所以决定和他分手，然后就和新女朋友去了加拿大。

那一年，他背上行囊，去加拿大探望她，并有一周是住在她们的房子里。在加拿大，Gary还给我寄了明信片，讲述了他们在那边的情况。他在那边很多城市、很多山地里都享受了骑行的快乐，并在那儿买了两辆高级山地车，运回到新西兰。

回来后，他说：“我是个穷蛋！”

我一蒙，明白了他要说自己是个穷光蛋。

我捧腹大笑说：“应该是，穷光蛋。”

他回答道：“对，没有钱的蛋。”

我笑得前仰后合，他又说：“我是一个好蛋。”

根据对“笨蛋”一词的理解，他觉得“蛋”这个字就可以代表“人”，肆意往前面加形容词。我笑得蹲在地上喘不上气来，差点没因脸部肌肉拉伤去医院。

Gary并未因前女友性取向变了，就对她怀有愤懑，反而满怀祝福。恋爱对他来说，是体会其中的过程，而并非追求婚姻的那个结果。

他喜欢骑自行车，一定是因为想慢慢体会和享受路上的风景，而不是去挑战一脚油门直达终点的速度。

当了回亮爆了的“电灯泡”/不用结账的大超市

我们的房东叫Jean，和Gary同龄。虽然她是柬埔寨人，但从小就生活在新西兰，所以说着一口标准的英文。Jean在奥克兰拥有几套房子，在我们的后院，还有一套未出租的两室一厅。有时她会来和我们一起过周末，晚上就住后面那套房子。

她也没有男朋友，周末就带着我到处去玩，和朋友吃饭，去健身房，还去学习跳交谊舞。所有人都说，我们俩长得太像，都以为我是她的亲妹妹，也因为这个，我们俩的关系特别好。

她是一个药剂师，平时在药店工作。每小时的工资可以达到40新西兰元，是我在餐馆工资的8倍。她每天辛苦工作十几个小时，人生目标是40岁退休。

一天，她带我去她姐姐家参加一个家庭聚会。一进门，就觉得房子装修得很中式，通往二楼的楼梯口挂了个大匾，上面写着“蔡林楠”3个字。这3个字对每个奥克兰的华人来说都很熟悉，因为那是当地最大的华人超市，每周我至少也要去一次。看到她家把超市的名字做成牌匾，还挂在墙上，我觉得太匪夷所思了。

Jean姐姐的小孩子4岁，穿着粉红色的公主裙，中长的头发散落到肩部，圆圆的笑脸上镶嵌着两个月牙般的眼睛。她很喜欢我，我到哪里

她就跟到哪里。突然，她跑到我的前面，双手张开，把我拦在走廊中间，并笑眯眯地要求我说出暗语，说对了才能通过。我一听，便开始不停地夸她。一会儿夸她漂亮，一会儿夸她的衣服好看，一会儿又夸她聪明伶俐。可说了一通，都没能通过。我又想了很多方法，讲了故事，拿了好吃的给她，可还是没能过关，这下我是真被考住了，她到底想听什么赞美呢？没办法，我让她公布答案。

原来，这句暗语就是“Thanks”。

我恍然大悟。这么简单的答案，我却说了那么多谄媚的话语，心中默默对自己说：“我真是一个大笨蛋！”

在新西兰，如果你把事情想得太复杂，那么，你就输了！

回来的路上，我问Jean，她姐姐为什么要把超市名字的牌匾挂在家里啊？

她漫不经心地道：“Because it is my father’s name.”（因为那是我爸爸的名字。）

我更纳闷了，她不是柬埔寨人吗？

原来这大型的连锁华人超市真的是她家开的，蔡林楠也真的是她爸爸的名字。她的爸爸是潮州人，妈妈是柬埔寨人。她有两个姐妹都在超市帮忙，她爸爸一直希望她也去，可那不是她想要的生活，所以一直拒绝，也很少和别人提起有关超市的事情。我这才明白，为什么我只是租住她的房子，但家里的冰箱永远都是满满的食物，并让我们随便吃，原来都是从超市搬来的啊。之后，有的周末我和她一起去市中心的那个分店，她就直接拿一些我们需要的食物，从结账的通道和收银员点点头就出去了。这应该是很多人的小梦想吧。

那段日子，充实开心，我的体重也不断攀升。而Jean始终感到有些孤独，因为她想30岁结婚，却还没遇到自己爱的人。

终于有一天，她跟我说她喜欢上了一个人，他是她们药店对面卖墨镜的摊主。她准备开始对他展开追求，我也是极力支持她主动出击。

没过两天，她来问我，能不能陪她和那个男生一起去Mission Bay看日出。为了她的人生大事，我毫不犹豫地答应了。第二天早上天还没亮，我们就出发了，在海边第一次见到仍睡意蒙眬的Andy。他是一个华裔，也不会讲中文，以前是体育老师，所以体形稍壮，笑起来很灿烂。

他笑呵呵质疑地问，Mission Bay可以看到日出吗?

在Mission Bay，太阳升起的方向是在海的侧面，那里还有座山，太阳只会从山头的方向爬上来。

Jean也坏笑地回他，那你还来干吗?

那是一个冬天。为此，我特意穿上了小小羽绒服。

我们3人躺在同一条沙滩毯上，Jean在中间，我和Andy在她的两边。黑漆漆的大海，海风刮起我的头发，我把自己紧紧地裹到羽绒服里，期待太阳带来的温暖。Jean一会儿扭过头和我交头接耳，一会儿又扭过头和Andy聊天。天色渐渐亮了，海鸟也已醒来在海边嬉戏。天大亮，我们却还没看到太阳。8点多太阳才从山头款款爬出，把阳光洒到这边的海面。

观完所谓的日出，我们来到海边的咖啡厅，吃了顿丰盛的早餐。然后3人就都迫不及待地准备回家去补觉。

过了一段时间，Jean把Andy带回家，告诉我和Gary他们两人已经双宿双飞。那天正好是Gary的生日，我们家双喜临门，于是又叫了些朋友，一起去吃日本大餐。我提前给Gary做了张生日卡，吃饭的时候由

Andy宣读，翻开后，读道："Gary，Happy birthday to you，you are a good…… cancer？"他疑惑地问我："Do you mean cancer?"我肯定地点头，然后就是十几个人大笑不止的超级场景，Andy边笑边读："You have got a really good personality……"Andy看到我后面还有几句一直在说cancer这儿，cancer那儿的，就笑得念不下去了，我当时一点儿也没明白，大家在笑什么。

原来，他们看到"Cancer"一词，首先想到的是癌症，而在星座中，这个词也是巨蟹座的意思。我是想表达Gary的星座，想说：你是一只很棒的蟹子，但按中文的语述来表达这句话，就会是错误的理解。那天真是闹了大笑话，不知道那张写着"你是一个好癌症"的贺卡是否还被Gary保存着。如果他已经扔掉，我真的不会介意。

如果总理来参加你的婚礼……

Jean那年的生日会，办得特别热闹。我们租了辆凯迪拉克，先把几位关系好的朋友约在家，再被这车拉去市中心。我们在车里喝香槟、聊天，载欢载笑。与Gary和Jean住在一起的日子，我学会和理解了他们所认为的享受。

所谓享受，不是去豪华旅游，而是把所有的钱都花在旅游上；不是租了辆凯迪拉克车，而是在车里举杯共庆的情谊与时光。

整个Club被Jean包了下来，现场来了几十位朋友，坐在沙发中间的就是她的爸爸。原来他早就听说我和Jean长得像，还特意叫我过去和他说了两句，聊着聊着就问我，Andy对Jean怎么样？后来才知道，这不仅仅是一次生日会，而是Jean借此机会，把Andy介绍给她的朋友和爸爸。

生日蛋糕上面的图案，是一整张Jean的脸，是在一大片巧克力上

创作的，没有人忌讳，吹完蜡烛，就一刀刀把蛋糕切开，集体分享了。Gary边吃边喝，居然喝醉了，性格一下超级外向起来，还疯狂地跳起了舞，一群朋友围着他欢呼。聚会结束，Gary已经在沙发上昏睡了。几个朋友一起把他送回来，直接抬到床上。

本以为快乐的生日会就此结束，没想到，这却是Jean一生幸福的开始。

朋友们刚要离开，就被Andy叫住，他掏出戒指，单腿跪在Jean面前向她求婚。那一刻，他们的爱铸成了幸福的永恒。他们深情拥抱的身影，在我的眼前变得模糊，我擦去感动的泪水，眼前的画面变成了慢镜头。Andy把Jean抱起来转圈，Jean的黑丝礼服裙尾飘在幸福的空气中，所有人都在欣喜若狂地欢呼雀跃。

婚礼前，女生要办Hens Party（婚前的女生聚会），男生要办Rooster Party（婚前的男生聚会），也就是代表步入婚姻殿堂前的最后一次疯狂。双方都不能互相打探各自的Party怎么举办。

我们的Hens Party在其中一位伴娘Mary的家中举行。车还没到门口，就已经看到大门前挂满的丝带和气球，像是给小朋友祝贺生日的样子。屋子里布置得也是琳琅满目。其中一间屋子被设计成茶歇室，桌上摆满了茶饮小点，另外两个房间却是空的。没过一会儿，外面来了辆货车，Mary赶快去迎接，几个陌生人开始相继从车上往下搬东西进屋。我开始还以为是她现买了家具，可其实是Jean邀请了美容院回家。她们自带了美容床、足浴盆、美甲桌等等。一个房间做指甲和美容，一个房间做足底按摩。

等Jean的朋友都来齐了，我们就轮流美美地享受了一番绝对私家的美容院。享受完的朋友就开始为Jean做纪念贺卡，这个程序和小朋友做贺卡一模一样。Mary已经准备了空贺卡、彩色铅笔、各种彩色的亮片和蕾丝粘贴边等饰物。我们各自给Jean写下祝福的语句，当然，这次我可没再以星座为主题去表祝福。

大家把礼物和贺卡一同送上，并一一现场展示自己送出的小礼物。这个环节非常有趣，因为大部分的礼物都会是内裤，T字的、性感镂空的、艳红蕾丝边的，简直是内裤大展示。据说内裤是Hens Party上最为流行的礼物，大概就是代表婚前单身夜最后的疯狂，或是对婚后完美性生活的象征吧。

我们Party的最后一个环节是为新娘做婚纱，这对“布料”的要求很高，质量要好，韧性要强，颜色要白，那就是——高质量卫生纸N卷。我们先是要把上身用卫生纸围好，然后再把卫生纸一条条挂在腰间，散落到地上当裙摆，最后戴上头饰，就大功告成了。

我们集体与准新娘合照，“咔嚓”一声后，她即将迈入婚姻殿堂。

Jean邀请了3位好友作为她的伴娘，我英勇地献出了人生中第一次做伴娘的机会。她的婚礼一部分由她爸爸操办，一部分由她操办，分别融入了柬埔寨、中国、新西兰3国婚礼习俗。

一大早4点多，化妆师就来到家里给我们梳妆打扮。六七点就抵达了她的爸爸家。没想到屋里已经挤满了人，拜天地、敬茶、送信物，各亲戚朋友致辞，一直到了10点多。然后我们集体赶往市中心的教堂，开始了西式的仪式。

婚礼进行曲开始，我们从教堂的后方缓缓走向那竖立在教堂前方的十字架。

“新郎，你愿意娶新娘为妻吗？”

“是的，我愿意。”

“无论她将来是富有还是贫穷、无论她将来身体健康或不适，你都愿意和她永远在一起吗？”

“是的，我愿意。”

这段一生能听上几百遍的词句，是永恒的催泪炸弹。伴着那肯定的答复，我感动的泪水又忍不住涌出了眼眶。

真爱，是心与心的相通，血脉与血脉的相连。新娘新郎共同点燃了一支蜡烛，随即有一股清透的白烟飘起，像是两人灵魂的结合。

在教堂前拍完合影，就是新娘新郎的婚纱拍摄时间。我们马不停蹄地去了市中心和花园拍照。最后来到游艇中心，把那里当背景。一位船主看到我们在拍婚纱照，便真诚地祝福新娘新郎，并邀请我们上船拍摄。下午4点，我们才终于可以休息一下。虽然穿着高跟鞋的脚快要折了，但心里却充满着和新娘新郎一样的幸福。

晚宴尤为盛大，中餐厅里面摆满了圆桌。新娘新郎和伴娘伴郎是要坐在演出台上吃的，我们8个坐成一排，面对台下。因为所有人都会注视着我们吃饭，所以每一个姿势都要保持优雅。Jean偷偷告诉我，这里大部分人都是她爸爸的朋友，自己都不认识，原本她父亲还请了总理Helen Clark到场，可被告知临时有事，便发来了贺词。如果是我的婚礼，总理来捧场，可能我会高兴得晕倒，可从她口中说出来却是淡淡的。

Jean终于盼到客人离场的时间，剩下的都是Jean和Andy的好朋友，音响里放起了舞曲，我们疯狂地跳到深夜。

可以错过飞机，但不能错过樱桃

祖国的繁荣昌盛蓬勃发展，对我们这些海外游子发出了无声的召唤。奥运会前后，我和我的小伙伴们纷纷要离开新西兰，回到祖国的怀抱。Grace要回温州，Paul要回上海，Sammy和我要回到北京。Crystal因为移民申请得比较晚，暂还没有确定回国的时间。

我们这个说走就走的旅游团伙，把最后一次集体旅行定在了南岛。到了机场5个人已经到齐，可Paul却表示还要再等一下。结果之前和我们一起去Rotorua的香港人Chen空降到我们面前。他听说我们就要回中国，特意和我们一起去旅行，表示送行。虽然我们和他只是之前一段旅行的交情，但他的热情和真挚却深深地打动了我们。

之前我们几个女生互相嘱咐了好几次别忘了带护照，可打印机票的时候却连驾照都不需要。我们把订单上的条形码在机器上一扫，登机牌就打印出来了。来到登机口，那里和露天的地方就隔着一道玻璃门，出门的时候直接用登机牌就行了。没想到坐新西兰国内的飞机跟坐汽车一样简单。

我们的第一站是基督城，下了飞机直接去了租车处，领了提前订好的车，就直接开往市中心。

南岛和北岛有着很大的差别。南岛处处洋溢着浓厚的英国气息，让我这个英伦控，有点按捺不住地兴奋。

教堂广场无比热闹，海鸟盘旋、人潮涌动。和其他游客一样，我们也去参观了那座古老的哥特式建筑教堂。它的古典蕴含着优雅的情韵，让我们不由得举起相机为之拍照。走到门口，我们纷纷和大教堂合影，可它高达63米，我都快趴到地上了，还是给他们照不成全景。

来到蜿蜒曲折的雅芳河畔，我们买了三明治，听着河水流淌，苍翠的树木像是特意搭出来的布景。下午我们还参观了艺术画廊、博物馆，并乘坐了古老的红色电车。晚上男生们去了Casino，我们女生就在静谧的街道上散步。行走在基督城的街道上，每个建筑都有其特色，整个城市古意盎然。

驱车七八个小时从基督城抵达皇后镇。这里果然宛如仙境，从早到晚一直在变幻颜色，山、水、房子、阳光、草木，交错地由浅到深，由深到浅。而这座被南阿尔卑斯山包围的小镇，却一点儿也不失喧嚣。晚间有艺人在街头表演，每条街道布满酒吧和餐厅，到处都是门庭若市。

而最让我期待的却是去参观蹦极的发源地Kawarau桥。

新西兰人一直充满冒险的精神和无限度的创意。1987年的一天，新西兰人A.J.Hackett登上埃菲尔铁塔，晚上在睡袋里躲了一夜。第二天清晨他拴好绳子，从塔上一跃而下，不但惊动了警察更是惊动了全球。

当时他就被警察逮捕，但那一刻，蹦极这种新运动诞生了。第二年他在Kawarau桥建立了蹦极中心，桥下是无比美丽的Kawarau河。我认真地给大家讲着A.J.Hackett从埃菲尔铁塔上跳下来的细节，充分地展现出我强烈建议来Kawarau桥的理由。一路上大家被我说得一时兴起，每个人都决定要跳一次。可到了桥前，他们却都变成了欣赏风景，看着43米以下的秀美河流，再没人提起蹦极一词，而是开始纷纷拍照留念。

我催促大家："别拍了，咱们赶紧去买票吧。"

"真的跳啊？"已经不记得当时谁惊诧地问。

"当然是真的啦，我又不是没跳过。"我回答。

这时Grace英勇地站出来，道："确实是，她在某年圣诞节，从Sky Tower上跳下来了。"然后偷偷跑到我旁边，轻声地说："我可帮你了啊，一会儿别拉着我蹦。"

我带着懒懒散散的队伍，来到购票处，其他几个人拿着宣传册左看右看，都要把册子翻烂了。我抢过他们手中的册子，有点生气地道："你们到底跳不跳啊？"

Crystal赶紧摆出她勤俭节约的美德，说"一百多呢，都快合一千人民币了。"

其实我也觉得贵，但这么绝美的景色，这么峻峭的群山与清澈的河流，若是可以从空中欣赏一下，定会终生难忘。我正想着，也不知道是谁说："是挺贵的，这样吧，我们给你集资，你代表就成了。"

大家纷纷赞成，一副嘴上仗义，表情狰狞的样子，宁可给我出钱也不敢跳。有人给我出钱，那我就更不含糊了，掸掸手说："给钱！"

高空中，蹦极台上的工作人员很帅气，还没多和他们聊，就开始给我拴绳索。那里蹦极的人很多，他们的动作也是相当地娴熟。我却动

不要羡慕哦！
蹦极之后我又在最近完美跳伞。

作缓慢，其实是想好好欣赏下高空的美景，细细体会下这个过程，可帅哥却以为我是有些紧张，一个劲儿地鼓励我。有流行音乐从音箱中传出来，遇到熟悉的曲调，他们就跟着一起唱起来，气氛十分轻松。我双腿被绑上，无法走路，只能站起来蹦到边缘，眼前青山碧水，朵朵白云像是挂满屋顶的大气球，天气好得不得了。工作人员轻轻扶着我的背，我有一种他会主动推我下去的预感，便回头婉转地告诉他，我可以自己跳，示意他开始倒数。

Three，Two，One……

我本想数到“Two”就往下跳，但转念一想，要保证百分之百的安全系数，还是等数完了“One”才跳。我没有弯曲双腿，而是让自己的身子缓缓向下倾斜，直到离开台面。音乐一下远离了我，眼前景色随着我的方向，如万花筒般在变换，整个人飞起来的感觉真好。这幅画面我常常会做梦梦到，当我从蹦极台上跳下时，才发现，我是会飞的，虽然很费力气，但可以在空中滑翔。我知道这可不是梦，所以只是放松身体，享受吸引力、空气与绳索对我的任意摆布。弹跳一下之后，高度就减少很多，速度也没有那么快了。我可以清楚地看见来接我的小黄船，它缓缓向我划来，形成一道涟漪。我垂吊在绳子的末端，工作人员从下面递给我一根木棍，我攥住它，他顺势把我拉下来，并放躺在艇里，然后解开绳索。

我抱怨着在空中停留的时间太短暂了，立志下次要尝试Sky Diving（跳伞）从20000英尺的空中跳下来。

回到大家面前，受到了各种佩服的拥抱。

“时间太短了，下次要玩Sky Diving。”我略带遗憾地道。

“你又要拉赞助啊。”Chen用不标准的普通话问。

Sky Diving玩一次加上录像，差不多是蹦极两三倍的价格，所以那是个不但要有胆儿，也要有钞票才能体验的冒险运动。

从皇后镇回基督城的路上有很多果园，我们路过了一个樱桃园，便开进去探个究竟。原来里面不但可以买，还可以自己摘，价格比超市至少要便宜一半。我们一人提着一个小筐就开始摘。果园里有几个很高的梯子，我们爬到较高的地方去摘那些又大又红的，一边摘还可以一边吃。大大的樱桃看起来很丰满，一口咬下去果汁充足，果肉入口即化。我一边哼着“采樱桃的小姑娘，提着一个小竹筐……”一边悠哉地享受摘果的乐趣。

突然Paul喊了句：“坏了，时间好像不太够了。”

我们居然把一会儿要赶飞机的事给忘了。大家纷纷从树丛中下来，还不忘提着自己摘的樱桃，去前台结完账后，一路风驰电掣地往基督城赶。虽然坎特伯雷平原地势平坦，但弯道很多，也有一些上下起伏的路段。我们当时租的是一辆子弹头，大家在车里一会儿集体向左，一会儿集体向右，一会儿一个坡，屁股都离了座椅。超没超速我还真没注意，我只知道，我不喜欢这种没有安全系数的冒险。女生们不停地尖叫，Chen则一路享受情人弯。

抵达机场，还完车，我们拉着行李，背着背包，提着樱桃，一路跑进机场，在机器上迅速打好登机牌，往登机口奔。我们眼看着工作人员把那铁栏门关上，向她求情能否让我们通过。她说登机时间已经过了，所以肯定不能登机。我们本以为还得重买回程的机票，可工作人员却告诉我们，可以搭乘下一班飞机回奥克兰，并且不用补票。

我们每个人都是满头大汗，狼狈不堪，再看看手里提着的一箱樱

30
TEMPORARY

桃，便集体捧腹大笑起来。就因为每人一箱的樱桃，我们集体误机，逗留基督城两个小时。

那是人生中第一次误机，但却是最后一次看到基督城大教堂。

2011年2月22日，基督城遭遇了6.3级的大地震，市中心多处建筑物受损，大教堂也在此次地震中受到极为严重的损毁，整个塔尖都倒塌了下来。当日多人遇难，其中包括24名中国同胞。

用好几百万人民币做了个游戏

车库的第二个用处——私家二手货市场

离别在即，我的房间已经出现在房屋出租网站上。几年来，自己的“家产”从一对大小行李箱变成了十几个大箱子的东西。大到书桌床头柜，中到台式电脑打印机，小到鞋刷子饰物。虽然记忆可以统统带回中国不计重量，但这些只能分别处理。

新西兰很流行二手货，当时的书桌、床头柜、打印机都是在网上买的二手的。我的东西太多了，就决定用Garage Sale的方式销售出去。Garage是车库的意思，所谓Garage Sale就是把需要卖的东西，放在自家的车库对外售卖，定好日期和时间，把信息登载在网络或是报纸的豆腐块中，到时就会有人来采购他们需要的东西了。之前经常看到有人在做Garage Sale，我还曾在邻居家的Garage Sale买过两个相框，才花了4新西兰元钱。我很喜欢这个“传售”的方式，沾有自己“DNA”的东西，可以永远流传在这个城市中，即使我人离开这里，我的“DNA”仍可在这儿永远合法停留。如果是扔在垃圾箱，它的命运就没了保障。

当天，我在路边竖起了“Garage Sale”的牌子，邻居、路人也都纷纷来捧场。他们知道我是要离开新西兰了，还特意回家给我准备了小礼物送来，有的是一个大蜡烛，有的是一本新西兰图片册，有的是一块新西兰绿石。为了把这些比较占重量的礼品带回中国，我只得又放弃了几条漂亮的裙子，从打包好的行李箱中拿出，放在Garage Sale中。美丽的裙子可以不要，而这友爱的情分却不可割舍。

回到久别的祖国虽很亲切，但却略有几分陌生。在新西兰，街景十年基本不会有什么变化，而中国已经变得我快找不着家了。

生活上也有一些不适，过马路看见行人灯是绿的就往前走，几次险些被撞到。吃水果通常随便一冲就入肚，被父母说了很多次不讲卫生。明明是双肩背包，朋友非逼我朝前背着，像是在演怀孕。其实，这些也并没有好坏之分，如果右转的车要等行人先通过，第二天也许还停在原地等着右转呢。如果人不能去适应所在的社会，就会被社会所抛弃。

回国的行李箱里有一双白色的匡威经典款，妈妈看到后说：“独立了，真是不一样，回来前还知道事先把球鞋刷干净再带回来。”

我一愣，也就点点头默认了。

事实上，那双鞋自买来就没洗过，只是新西兰比较干净。可那又有什么解释的必要呢？我确实已经不是那个“小公主”了，甚至我还把从饭馆偷学回来的手艺告诉了妈妈，和她一起在厨房切磋厨艺。在北京，固然尘土会多些，可这能让我更加勤快地每周洗好几拨衣服，提高自我，又减肥，绝对有其好的一面。

不久后，我和朋友们纷纷找到了心仪的工作。为了不与新西兰脱节，我找到了一个教育机构，负责海外大学院校、使馆、贸发局的联络与沟通，工资并不高，但那已经不是我在乎的了。Paul做金融行业，有次从上海来北京出差，我们兴致勃勃地来到第一次认识的“88号”Club，可到了才知道，那儿早已经不存在了。再去三里屯酒吧街上的白房子，那儿更是早被拆除，盖起了高楼。后来打听到，这两家店的老板，已经搬去上海生活了。

“时过境迁，似水流年，往事一转眼。”是我颇为喜欢的一段少年歌曲。而小的时候，我们却对这句话理解得那么狭浅。生活的旅途中，有人笑了，有人哭了；有人来了，有人走了；有人爱了，有人恨了。活着，是一种体会。这样一想，用相机去收录风景，突然显得不那么重要了。

买房就是做心理游戏

2009年，新西兰的汇率和房价大幅度地下滑。我打着去抄底买房子的名义又去了新西兰，使用了全部15个工作日的年假，再加上几个倒休和一个小假期，正好凑够了一个月的假。

落地到了新西兰，一点儿也不陌生，因为自始至终，它就没有变。

我在Crystal家安顿下来，就开始找房源。房产中介门口都会有一个小柜子，里面放着印制精美的房产销售册，所有近期销售的房子都会在上面，上面图文信息齐全，人们可以免费取阅。

在新西兰买房子和在中国大有不同，价格并不是按照平方米计算的。房子的价格取决于所属的地段、年份、土地面积大小、建筑类型和材料、车位的多少等等一系列的因素。说来有趣，房子购买后的土地权将归属房主所有，产权期为999年，也就是说，如果你不能活到999岁，那就安心地住在自己的房子里，不用去想房产到期怎么办。土地是房价升值的主要部分，因此带地的房子是最受欢迎的。而因为房体的本身是贬值的，公寓房和政府产权的房子就稍显逊色了。

我们没有车，中介的工作人员就会来接我们去看房。看过一些后，我虽然也能把房子的优劣说得头头是道，但买到心仪的却不是那么容易的事。有时是对房子本身不满意，有时又对地段不满意，好不容易赶上都满意的，居然夜间就被别人抢掉了。那时房子和汇率的价格都比较低，所以便有了购买者互相竞争的景象。有些抢手的房子，不是直接开价，而是现场拍卖。据说曾经有两个华人为了买一栋起价70万新西兰元左右的房子，较上了劲，最终以200万新西兰元的价格成交，彰显了我国人民的经济实力。

两周过去了，看了几十栋房子，却无一成功入手。

一天晚上，我接到了Nelson语言中心校长的问候来电，他有意邀请我去Nelson拜访他们的学校，并在Nelson游览一番。Nelson位于南岛的最北端，是新西兰的中心点，一座阳光明媚、幽静潇然的城市。每次，当任何事情与旅行发生冲突时，我虽不会立即选择旅行，但经过咬牙切齿的心理斗争之后，还是会选择它。Crystal也为我的选择欢呼雀跃，因为Nelson也是她一直想去的地方。

出发那天，我们很兴奋，早早地就去了机场，居然提前了一个小时。我们就坐在登机口喝咖啡聊天，我给她讲我国内的工作，她给我讲

ZK-CAT

她在这边的情况。

飞机做好准备，登机口打开，乘客并不多，我们则率先走出大门。清晨的奥克兰带有一丝冷意，地面还有未退去的昨夜的露水，Bombardier Q300机翼上的螺旋桨在转动，发出巨大的轰鸣，同时刮起很大的风，我们的头发随风飘逸。飞机停在距离登机口一二百米的地方，我们边快步跑过去边掏出相机，分别站在登机梯上互相拍。螺旋桨边，霸气的声音充满野性。地勤的毛利人戴着大大的防鸣耳麦，示意要给我们拍张合影，我们赶快都跑到登机梯上，摆好造型。拍完才发现，好几位乘客都在下面等着登机呢，他们没有不耐烦，反而在夸我们拍得好。

在新西兰，像Nelson English Centre（尼尔森语言中心）这样的语言学习学校有很多，上课和在国内的雅思加强班截然不同。一般每个教室有七八个学生，都是同等英语水平，上下午各两三个小时的上课时间，每周都有出游的活动。在学校的照片墙上，贴有同学们在Abel Tasman（亚伯塔斯曼）海边划Kayak的照片。这儿的中国人极少，整个城市也不会超过一二百个，因此有些中国人会选择在这儿读语言。Nelson是新西兰著名的养老胜地，所以也能有很多和爷爷奶奶们聊天练英文的机会。静谧的城市少了大城市里的喧嚣，让人的心一下子就可以静下来。

Nelson被充裕的阳光眷顾着，5点的城市中，只剩下太阳还在工作。那天晚上，正好有Nelson English Centre的拉丁舞兴趣班，我和Crystal也跟着学了起来，伴着夕阳生疏地扭着腰。原来，这只是热身。

吃过晚饭，我们在市中心溜达。这里和其他城市一样，所有的商店都已经关门，街上也只是偶尔能看到几个人。所谓市区，也就是横横竖竖几条街道，没用多久，我们就全部走了一遍。

夜幕来临，唯一的选择就是Pub。我们去了主街上的一家。那里一进门就是吧台，路很窄，里面挤满了人，全部都是Kiwi的面孔，大多都是中老年人。他们看到我俩这年轻貌美的亚洲女孩进来，简直像是在迎接罕见的大明星，纷纷向我们打招呼问好。通过吧台边的小路，我们来到舞池，与各种“叔叔阿姨爷爷奶奶”们跳了起来。休息的时候有个“色老头”请我们喝鲜榨果汁。“色老头”是我和Crystal给他起的外号，因为他好像有点喝高了，看我们拿着相机，就要与我们合影，并把我俩抱得很紧，差点没变成汉堡里的火腿肉。我们离开的时候，更是高调，走过吧台旁的窄路，大家给我们让出一条道，并纷纷和我们摆手、拥抱着送别。那一刻绝对是明星退场的范儿，就差门口的记者和鲜花了。

一出了Pub，我的耳朵就有点耳鸣，那不是因为里面的音乐太吵，而是因为街道太静。我们住的Motel在市中心的另一面，步行差不多15分钟左右。虽然路程并不长，但街上空无一人，寂静得像是已经离开了地球，我们还是有些害怕。沿着路边走了会儿，就听到远处有几个人在打闹，他们的声音渐近，几个人影从街道的另一端出现。那是几个十七八岁的青年，看样子像是喝高了，他们边笑边闹地朝我们的方向走来。在新西兰，这个年龄段的孩子非常叛逆，很擅长搞一些恶作剧。正当我们有种不祥预感的时候，其中一个男生指向我们，其他几个人也跟着看了过来。我灵机一动，对Crystal道：“咱们装醉，以毒攻毒。”说着我把毛衫的帽子扣在脑袋上，挡住了上半截脸，Crystal则赶快解开大衣的几个扣子，往一边使劲一拉，衣服变得左右不齐。然后我们就开始晃晃悠悠装成女疯子，又笑又哭，歪歪扭扭地互相搀扶，眼看就要接近“敌人”，就看那个领头人猛地转了方向，带着队员们直接过马路了，原来他们是在躲我们。我们也算是成功地玩了一次恶作剧。也许青年们并没喝醉酒，也并没准备恶搞我们。但他们一定真切地认为我们是喝多了的女疯子。我们一直装到拐过弯，然后就笑得蹲在了地上，久久直不起腰。

第二天一早，我们在阳光下享受了美食，餐牌上的美食多得数不过来，我们只得闭着眼睛随便指了几样，在阳光下享用。也许因为这是养老城市，食物做得极为细致和美味，从端来拿起、入口、咬下、咀嚼，直到下咽和后味都是一种绝妙的饕餮体验。此刻，我的生活终于慢了下来，忘记了那个为了急着回邮件，而在办公桌前狼吞虎咽的我。饭后，我们去逛街，却发现适合我们的衣服不多，货架上大多都是漂亮的中老年人服装。在街边看到一家Glassons，那是年轻人服装的连锁品牌，价格便宜，样子又好，颇受时尚潮人的欢迎，没想到在奥克兰卖的原价货品，这里很多都打五六折，我们便狂扫了一阵。这里年轻人没那么多，所以时尚的衣服卖不出去，就只能多打些折扣。

白天的Nelson彰显其本质，这是一座充满艺术气息的城市。校长告诉我们这里住着超过300多名艺术家和手工艺者，我们可以随意地探访他们的工作室。而最有名的则是电影《魔戒》中魔戒的制作工作室了。那不是一间大工厂，仅仅是一个小而精的作坊。一进门是间小商店，货柜里陈列着各式珠宝戒指。据说，魔戒是由这家工作室的创建人Jens Hansen设计，但很可惜，他在制作出魔戒不久就去世了。现在工作室由他儿子Thorkild和Halfdan接管。我以买了一枚魔戒为理由，去工作室稍稍偷看了一圈。工作室里有各种打磨戒指的工具，远看有些凌乱，但

充满着艺术气息。我正好看到Halfdan，他热情地和我打招呼，让我享受了一番和明星亲密接触的感觉。

告别了Nelson语言学校的同学和校长，我搭乘飞机穿过云层，飞越了库克海峡回到奥克兰。

几天里，我居然把买房的事情忘得一干二净，这才重返抢房市场。距离我回程的日期还有仅仅一个多礼拜。我该怎么搞定这不可能完成的任务呢?

朋友新给我介绍的房产顾问带我看了栋东区的房子，旁边是个高尔夫球场，前后各有两块政府保留地，距离市中心20分钟的车程，离Half Moon Bay和Buckland Beach只要5分钟。土地面积有700平方米左右，上面盖有两栋独立的房子，共有五间房，三个客厅、两个厨房和两个卫浴，这种形式叫作Home&Income，就是代表一栋是家，一栋可以租出去当平日的收入。这类房子相当抢手，再加上附近是校区，所以顾问建议我马上出价。我给出了50万新西兰元的价格，当时的汇率约合人民币230万。

而事情并没那么顺利，在我出价的当晚，也有另外三个买家出价，按照新西兰的规矩，购买需要上升到暗标的方式。也就是说，各买家分别给出一个愿意购房价位，最高的则取胜。没想到买房子突然变成了“游戏”，如果出价太少就可能会失去购买机会，可如果出得太高又会有所亏损。我把出价提到了51.5万新西兰元，报了上去。然后漫长的等待就开始了，接近凌晨的时候顾问给我打来了电话。那一刻我心里“怦怦”直跳，如果抢不到，时间就真的不够了。顾问的回复果然不乐观，因为几个买家都没能出到卖家售房的心理价位，顾问便需要问几个买家是否愿意加价，仍是最高的取胜。买家们互相都不知道上一轮各自的出价，而顾问们也会严守规矩，不会向任何买家透露。在东区买房的中国人比较多，本着这个原则我猜想，至少有一两个买家会是中国人，所以他们出价的尾数很可能是8，一咬牙一跺脚，我提到了51.9万新西兰元。几分钟后，得到结果。我胜出了！我和Crystal激动得眼泪都快流出来了，好像玩了一把五十来万新西兰元的大赌局。

我用一两天办完手续，房子委托给了中介进行出租和管理，每月他们都会给我发详细的明细单。两套房子加在一起出租后，每月大概能有2500新西兰元的收入。

不管做什么，其实都是一种旅程，只是我们一定要找个彩色的理由。让自己走出屋门，张开眼睛，敞开心扉，别样世界就会朝你而来。不管路途是远是近，不管时间是长是短。

出差就等于公款旅游/要玩空中泰坦尼克号吗？！

这个朋友去美国出差了，那个朋友又去英国出差了。我就羡慕嫉妒恨地精准总结道：出差就等于公款旅游!

没想到话还没说出多久，这“公款旅游”的差事就轮到了我。

新西兰教育国际推广局邀请部分国内的教育输出方，去新西兰各个学校进行走访，我非常有幸地在这名单中。同行的7人基本都没去过新西兰，有些老师英文并不是很好，因此一路上，我荣幸地成了领队加翻译，颇有一番乐趣和全新的体验。

我们一路走访了很多大学和语言院校，认识了新的朋友，遇到很多以前在新西兰并不知道的新鲜事物，收获极为丰富。

这次旅行中，城市与城市之间的交通工具都是飞机，就连曾经常去的Rotorua也一样。我还是第一次坐飞机从奥克兰去Rotorua。到了机场，我帮大家在打票机上取了登机牌。到了登机口，天已经全黑，外面下起了小雨。登机口附近没什么乘客在等待，想必是很少有人会从奥克兰坐飞机去Rotorua吧。不一会儿，一位老师道：“啊？这不是我们的飞机吧？”随着她惊诧的问话，我扭头看向窗外，定睛一看，外面是一架极小的飞机，数了数一面只有十来个窗户。我心中暗喜，这样的小型客机还是第一次坐，一定会是一次不错的体验。我没好意思和他们分享我兴奋的内心，因为几位老师早已在一旁惶恐起来。

登机口开门，我们迎着雨水纷纷跑上飞机。那是一架如此可爱的小飞机，机顶矮得很，人稍高一点儿都无法站直。机舱里一共两排，20个座位，位子矮小得像个儿童座椅。刚一上飞机，空嫂就给我们每人端上了一杯水。我心想，不愧是如私家飞机般的享受啊，一上飞机就有水喝，喝完后空嫂把空杯收走，并简短地讲了飞行须知。机舱门关闭，空嫂坐到第一个位子上。我这才看到，驾驶室的半个门是开着的，里面满满的都是仪表，驾驶室前大大的玻璃窗和在《冲上云霄》里的一样，实在是很想坐到驾驶员旁边去。

空嫂提醒我们系好安全带，我侧头一看，有位老师的安全带还在地上拖拉着呢。这时，飞机已经开始滑翔，我赶紧提醒她，可飞机里充满着螺旋桨的声音，我扯着脖子使劲地喊："你的安全带没系。"她居然回我："系好了！"我很纳闷，又提醒了她一次，她也狐疑地看着我，伸手拉了两下腰包的带给我看。原来她一直把腰包的带子当安全带扣着呢。我向地上示意了几眼，她这才发现地上的安全带，赶快系紧。此刻，只觉得飞机仰起头，已经离开地面，起飞的感觉和大飞机完全不同，非常颠簸。我侧头靠近玻璃看向地面，因为颠得太厉害，脑袋不停地和玻璃一下下相撞。别看飞机小，很快就上升到了一定高度，开始平飞。

窗外的雨水在玻璃上横扫，雨越来越大，风也越来越猛。我可以感觉到，风把飞机稍稍地刮歪了。飞行员一直在调整方向，保证飞机在航线上飞行。飞了20多分钟，外面的雨势明显还在增大，飞机虽左右摇摆，但一下下地被飞行员控制，上下起伏，有时还突然感觉好像是稍微侧着身在飞。我回头看向其他乘客，正好和一个Kiwi眼神相对，她有些焦虑地看着我，撇撇嘴，耸耸肩，神色慌张。我旁边的老师皱着眉头对我喊：“是不是得飞回去啊？”我缓缓摇摇头，一副我也真的不知道的表情。

飞机继续颠簸，风雨交加的窗外，闪电的气势像是大型演出现场的灯光效果。我可以感觉到，飞机在加大马力，一路狂奔。这样的飞行经历真的很难得，小客机像是长了翅膀的小鸟，顶着风雨上下飞翔，感觉自己像是在科幻片里，骑在这只鸟儿身上。这时，空嫂开始在广播里播报着什么，但机舱内只能听到螺旋桨和发动机的声音，她的话半句都听不清。过了一会儿，感觉飞机在下降，但风势雨势一点儿都没减小，远处的闪电下可以看到星星点点的灯光。光电越来越大，越来越近，感觉飞机真的要失去控制。雨洒在玻璃上，可以清楚地看到跑道两排的灯。飞机努力在下降，被风吹得歪歪扭扭地落了地，着地的那一刻，能感觉到飞机稍稍被颠起来了一小下，平稳滑翔了一会儿，缓缓地停了下来，最后稳稳地停到机位。空嫂在广播里播报飞机已经着陆，可以解开安全带。全机乘客齐声欢呼长达二三十秒，我看向旁边的那位老师，她的脸色发白，胆丧魂惊。

大家纷纷走下飞机后，我让空嫂帮我拍了张照片。可路过驾驶舱时，却迟迟不想离开，探着脑袋看了半天，飞行员很帅，并很乐意我为他拍照。下机的时候看了下表，原定40分钟的飞行时间，30分钟就飞到了目的地。到了酒店我赶快上网查询，原来这是新西兰航空购入的最小机型 Beechcraft 1900D。我不知道大家在空中的担心是不是多余的，或许风雨中飞行也是很正常的。飞机过于颠簸，也只是因为机型过小的缘故吧。

这样的飞行经历很难再遇到了。即使能赶上这个机型，未必会碰上风雨；即使会碰上风雨，也未必能赶上夜晚航班。

有些经历是需要天时地利人和才能碰到的，因此才值得铭记心中。

myboardingpass
NZ 286
E28
63H
11:05
福
福

南太平洋顶空的大年三十

南太平洋的顶空没有春节联欢晚会

《十年飔飔》是我和姜萌送给自己30岁的礼物。我辞掉了固定工作，全心投入到出版前的准备和广播剧改编中。出版后得到了很多读者的好评，虽然那只是一本讲述我们这代人故事的小说，但很多朋友读完之后都喜爱上了新西兰。还有读者告诉我，因为看了《十年飔飔》而最终选择了去新西兰留学。这些让我十分欣慰，我们笔下的故事，给了他们出发的动力，为他们的人生添加了新的旅程。

我的一群朋友，希望和我一起在春节期间同行新西兰。每年回新西兰一次，已经是我的习惯，和朋友同行夫复何求。游遍新西兰的每个角落成了我毕生的心愿。

我回国那年，新西兰航空开通了与中国大陆的直飞航班，所以这是我们的首选，可因为预订得太晚，已经满座，剩下的都是商务舱两三万一张的票了。最后，终于有家旅行社告诉我，只找到了几张相对便宜点的在香港转机的票，价格12000多块，问我们能接受吗？我立刻确认了机票，并让他把从香港回北京的那班联票改为最晚一班，这样我们回程经过香港就可以在那里购物一番了。而且，这种转机的飞机去香港是不需要办理港澳通行证和签注的。同行的高姑娘还没去过香港，听到这个消息喜出望外。

最值得兴奋的是，这张机票的起飞日期正好是农历大年三十。当别人阖家团聚的时候，我们可以在浩瀚的太平洋上空，伴着璀璨的繁星庆祝新年。

每次回新西兰我都是乐此不疲地出演着OP加领队的角色，认认真真地做好行程，早早就提醒好友要提前办好国航知音卡。因为新西兰航空和国航都属星空联盟，飞行的里程可以直接累计到知音卡里，往返两万多公里的机票，积分都能换张国内的机票了。

从中国飞去新西兰需要十几个小时，但我在飞机上从来都没有觉得无聊过，反而忙得不亦乐乎。我非常享受这十几个小时强制关闭手机、与世隔绝的时间，在云层之上来个飞机上的小旅行。出行前，我准备好了拖鞋、厚袜子、图书、拷好电影的iPad、面膜、眼药水、补水喷雾、眼霜、唇膏、会发热的眼罩等等。一上飞机，安坐后看会儿书、静静心。平稳飞行后，空乘叔嫂开始供餐，西式大餐吃完，仍有美酒享用。自从第一次在飞机上喝晕之后，我就滴酒不沾，但这并不妨碍我向朋友推荐新西兰的白葡萄酒，他们每人点了一杯。吃美喝足，几个小时的航程已经过去了，这时已经快到北京时间的零点，春节的钟声即将敲响。空嫂们端着托盘，给每人发了个红包，所有乘客都急切地打开，里面是金币巧克力，味道相当醇厚。过了一会儿，有位华人空嫂站在机舱前面，全机舱的人都跟着空嫂一起倒数、欢呼，“10，9，8，……1”，这幅画面可以做一部电影的开场了，镜头是从卫星上拍摄的黑暗宇宙，然后缩小到银河系，然后穿过大气层。黑暗的夜空中，一架飞机在安然飞行，机窗内透出点点亮光，镜头继续拉近到某机窗，里面我和我的朋友们正在倒数，欢呼，共庆节日。

这样的空中大年三十儿，人生中能遇到几次呢？

机舱内的灯光缓缓变暗。每个座位前都有个小电视，里面有很多近期上映的电影和最新的美剧，如果都不感兴趣，我就拿出iPad看自己拷好的片子，当中累了还可以做个面膜，再看会儿书。飞机飞到中间的时候，通常觉得特别干燥，然后我就去洗个脸，喷点补水喷雾，涂些润肤霜、唇膏，再滴点眼药水，给眼睛也补补水。夜间还会有一次供餐，空嫂人还没到，烤面包的香味就扑鼻而来。打开锡纸，热到烫手的面包里夹着特质肉酱，一口咬下去，松软美味。吃饱这顿后，就开始有了睡意，戴上会发热的眼罩，垫好飞行枕，开始肆意地大睡，直到早餐的味道把我给唤醒。满机舱充满了浓浓的咖啡香，机舱外是一片云海，阳光透过机窗，散到摆满丰盛早餐的桌板上。早餐完毕，继续读读书看看报，飞机就开始下降，这样的空中小旅行，对我而言还是很享受的。

这次的旅行目的很单纯，不是为了买房和出差，而只是为了和朋友一起去那些我们从没去过的地方。因此，在奥克兰只准备逗留一两天，朋友为我安排了海边烧烤的聚会活动。

在新西兰，很多海边和山上都有烧烤炉，供居民免费使用，周末的时候会比较紧张，需要提前去占地方。朋友们已经早早买好炭火，下午就去烧烤台前开烤了，每位来参加的朋友都会带着一些供烧烤的食物和酒水。没想到现场还有惊喜，有很多陌生的朋友来到聚会地，拿出《十年飕飕》找我签名，明星当然不是我，而是书里那些与他们有着相似经历的人物。

春节里，却遇上圣诞老人

我们一共五个人同行，其中包括一位途中给我们增添了不少欢乐的小朋友。这真是一个自驾旅游的最佳人员搭配，正好可以租一辆车。新西兰有很多租车公司，我选择了当地的Jucy Rental，不但价格便宜，服

务也很不错，亮绿色的品牌形象设计时尚感十足。车子是我提前在网络上订好的，拿着翻译好的国内驾照和预订单就可以提车。

Bay of Island（岛屿湾）离奥克兰约三个小时的车程，景色宛若天堂。那里共有133个小岛，怡人的亚热带气候缔造出的海域，成为了著名的航海胜地。海边的I-Site有百种娱乐项目可选，可以乘坐大船游览，也可以选择较小的帆船。我们看到一艘帆船的名字叫作She's A Lady，觉得很有趣，就预订了第二天全天的帆船行程。I-Site的工作人员建议我们下午可以去Russell（拉塞尔）游览一番，开车的话绕行需要走一个多小时的山路，也可以搭渡轮，连车带人一起渡过去。

轮渡口处一位老奶奶在卖票，不一会儿远处的渡轮就开了过来。所谓的渡轮就是一艘有宽敞甲板的船，上面大概可以停十几辆车，我们按顺序开上去，然后就可以下车，站在船边欣赏风景了。渡轮大约开了10分钟就到了Russell。下了渡轮先是要开一段山路，路边虽然有可以品尝生蚝的指示，但时间有限，就没做任何停留。

车子绕出蜿蜒的山路就抵达了居住区，我们一路直奔镇中心。停好车，走到海边。景色如童话王国般展现在我们面前。海面的波纹在阳光的照射下闪烁着金色的光点，码头边新西兰国旗随风飘扬，旁边停靠着一艘小型的豪华游轮。码头附近的街道构成了所谓的镇中心，街上的店铺井然有序，装修得别致可爱、色彩斑斓。靠近码头的路口边有几间酒吧，几桌人正在悠闲地畅聊。一群孩子从码头木栈道上以各种姿势跳入海中，爬上来再跳。我先是坐在海边享受阳光，朋友们在远处摆各种姿势拍照，同行的小朋友一会儿在海边奔跑，一会儿在海里捡着什么。过一会儿他们几个人凑在了一起，像是有所收获的样子，兴奋地朝我跑来。原来他们捡到一只海星，这是我第一次在新西兰看到海星，它不像是只生物，倒像是一个玩具，我们纷纷举起相机给它拍照。这时，走过来一位像圣诞老人一样的爷爷，他留着花白的胡须，穿了一件红色的T恤衫，问我们是否需要帮助拍张合影。我们欣然接受，赶快跑回到街道边，准备好刘姑娘带的最有利的“武器”5D MarkII，并耐心地告诉“圣诞老人”，应该按哪个按钮。“圣诞老人”则信心满满，让我们安心摆姿势，他调了调相机就开始给我们拍，还一个劲地让我们换位置、换背景，好像我们是模特，他是私人摄影师。原来老爷爷是摄影爱好者，他有一款同型号的相机，比我们当中的任何一员都要专业。我们坐在长椅上和他聊天，他以前住在奥克兰，退休后卖掉了那里的房子，在这里养老。

我们这才知道，Russell是一座很有历史的小镇，它是新西兰的第一个首都，仅仅9个月后，首都就迁到了奥克兰。在“圣诞老人”的建议下，我们去看了新西兰的第一座教堂，据说教堂当年在毛利酋长与殖民者的抗争中，遭到多次炮击，经过了屡次修复。

如今小城市一片宁静祥和，慢速在街道里驱车行进，可以看到很多上百年的建筑物。这里一切都像是微缩的景观，邮局小小的，警局小小的，就连加油站也是迷你型，甚是可爱，真是一座蕴涵着历史的迷幻小城。

我们绕到小镇另一面的海边，那里一片幽静闲适。一个小镇拥有两种海的面孔，我们也想在这里终老一生。

回到镇中心，酒吧门口已经有乐队在演出了。我们找了一家坐下来，享受了一顿阳光下大海边珍馐美馔的海鲜大餐。整个城市除了我们，只有一副亚洲面孔独自坐在我们旁边那桌，他主动向我们微笑打招呼，一问才知，他也是中国人，而且和我一样，以前也在奥克兰生活学习了一段时间，现在在中国做金融行业，每年同样是必须回来度假几周。他叫Raphael，来自上海，人很健谈，告诉我们在房子和汇率都下滑那年，他直接买下了一块土地，这两年正在享受自己建房的快乐。如果我们还会路过奥克兰，他也非常欢迎我们去那儿参观一番。

虽然阳光看起来还很充足，但已是五点多了。我们订的住处在距离这里往北二十来公里的Kerikeri（凯里凯里），所以决定离开，继续赶路。上了车才发现汽油不多了，就开去迷你加油站，没想到那里已经关了门。一旁的居民告诉我们，这里只有这一家加油站，傍晚就关了。原来，这里的人们，最繁重的工作是享受生活，所以这个时间除了几间餐吧，其他所有的商铺全都不营业了。

我们只得尽快返回轮渡口，以保证赶上回到对岸的船。可从山里开出来的时候却忘记了是哪个路口，结果只能凭着记忆摸索着开，很担心开错路，油不够用。盘山路很费油，眼看着油表针掉到红线以下。一个上坡之后，轮渡口出现在我们眼前。那里没有车子在等待，我们担心已经错过了最后一班船，赶紧查看时间表，确保了还会有船开来，才安了心。岸边的岩石上到处都是生蚝，我们小心地走下去，现砸现吃，新鲜肥美的生蚝肉入口，留在舌尖阵阵生香。

回到Paihia（派希亚）的岸边，我们迅速地找到了一家加油站，喂饱了车子。

从Paihia去Kerikeri我们走错了路，所以到达Motel已经是晚上九点多了，天已经全黑。Reception已经关门，我一阵紧张，怕是今天要露宿街头。走近门口，声控灯自动亮起，我趴在落地窗上往里看，房间内一片漆黑，我们正想尝试按下门铃，就看到玻璃窗上贴着一个信封，上面写着我的名字，打开后是一封手写信和一张复印出来的Motel地图，虽然是黑白的，但可以看出店主的精心设计，上面还印有卡通的树木和小汽车。

信上不拘泥于语法地写道：

Sorry we are not here to greet you.（很抱歉我们没能在此迎接你。）

Your rooms are numbers 20 – 21, light are on.（你的房间号是20-21，房间的灯是亮着的。）

Keys are in rooms. If any problems use green phone out side reception and call. I have left a map for you to help.（钥匙在房间里。如果有任何问题可以拨打外面前台的绿色电话，我留了一张地图可以帮助你们。）

这是一家Hostel（旅店），卫生间、浴室和厨房都是公共的。房间里有一张双人床、一张单人床、茶几、沙发和柜子，一切都是那么温馨。折腾了几个小时，我们的肚子又开始咕咕叫，就集体来到厨房准备煮点儿方便面充饥。厨房井然有序，完全不像公共场所，几个炉灶靠在墙边，下面的柜子里放置着风格各异的瓷盘、瓷碗和咖啡杯，让我有点欲罢不能。房子中间有一张大大的长木桌，旁边有两个大冰箱和一个放置叉勺的柜子，上层则还有一套套的欧式餐垫和杯垫。这些虽然都不是崭新的，但却干净整洁。

吃过饭，我们把厨房恢复了原样，坐在旁边的沙发上看了看电视，聊了会儿天。时间仿佛一下拉回了留学时代，饭后我和Grace坐在客厅讨论爱与未来。

我们刚要回房间，夫妻店主就来了。他们是特意来和我们打招呼欢迎住店的，还告诉我们院里有个小温泉，可惜10点就关闭了。

虽然是公用的洗手间和浴室，但干净得像是在私家度假村。洗完澡，我躺在床上望着天花板不舍得睡去。这次的旅游和往日不同，没有工作和学习的压力，也没有买房和出差的借口，而是全新并全心地去体会这里的风景、事物还有人，他们是那么蔼然率真。他们的生活是那么悠哉享乐，夫妻二人携手经营一家小旅店，直到雪鬓霜鬟。不变的地点却流动着各国的旅客，他们会在这里认识很多人，经历很多事。也许他们没有太多的时间去外出旅游，但来客分享给他们的故事也同样精彩。

开着帆船去撞山

预订的出海帆船是早上8点半起航，所以我们早早地起来，欣赏了一番尚未醒来的小院，坐在黑褐色的木头桌椅上喝了杯咖啡。在Reception找到钥匙投递盒，投了进去。同行的朋友觉得这很奇怪，怎么不需要Check Out的程序？在新西兰，旅客们都是自觉地把房间里的东西物归原处，然后把钥匙放在钥匙盒里，就可以离开了。同样的，租车也是这么归还钥匙的，并不需要查车。

虽然信任是一种奢侈的享受，但在这里好像遍地都是，只需要我们也拿出一份真挚与他人坦诚相待。

Paihia港口停靠着几艘游艇和帆船，我们找到了“She’s A Lady”Logo的帆船，船主热情地欢迎我们上船。不一会儿其他的乘客也来了，他们是来自美国的几个大学生。船长给我们讲了安全须知，并告知不会游泳的游客可以穿上救生衣。同行的高姑娘和小朋友都不太会游泳，但海上阳光明媚，她们也就没穿。

做完简短的安全须知，这只载有10名菜鸟的帆船就起航了。船长先是用引擎让船驶出泊位，然后就可以停掉引擎全凭风力了。我们先要开出前方的海湾，然后抵达今天的第一个小岛。帆船在前进中我兴致勃勃地站到了船头，船随着波浪上下起伏，海水的颜色由浅变深。我躺回到甲板上，隔着墨镜望向天空，一会儿几只海鸟在滑翔，一会儿有直升机飞过。我正涂防晒霜，船长就开始喊我们干活了。在这里，每一段旅程都是为了体验，而并非是船长把我们当劳力。船长让出了船舵，两个美国女生抢着要开，我们的前进目标是开出湾口。其他人则和船长一起升起风帆，我站在甲板和其他几个人一起拉动绳索。几分钟后，高高的帆就全部展开，到达顶部。实在太有成就感了！

等大家都忙活完才发现，开船的两个女生好像让船偏离了航线，冲着山的方向就开过去了。舵就是一个方向盘，和开车一样，但可能是因为我们的帆扬了起来，船体随着风倾斜了，就比较难掌握了。船长一副漫不经心的样子，让两个女生继续掌舵。虽然她们很努力，但湾口永远处在我们的右方，而我们左方的山却越离越近。全船的人都有点紧张了，两个女孩儿也央求船长来掌舵。要是以这个速度全速前进，想必过不了一会儿就成了帆船撞山了。然而船长却不理会她们，反而离开，下到船舱了，大家都不知道如何是好。几分钟后，他才拿着杯咖啡悠哉地上来，看到离我们很近的山，一脸惊呆的表情，“Oh，My God!”然后就笑眯眯地走向船舵，原来他是在吓唬我们。所有的担心都是多余的，他三下两下就把船调直了方向，朝着湾口开去了。虽然视觉上山体离我们很近，但其实船长心里有数。

出了港湾，一片汪洋大海在我们的面前，风力比湾中要大一些。帆船就像在电视中看的那样，略有倾斜，我坐在较低这边的甲板上，把脚垂了下去，海浪一波一波地打来，我绷直脚面，浪花偶尔会打到我的脚面上。我希望船再倾斜一点，这样就能让我的脚沾到海水。

没一会儿，五六只海豚现身在我们船边，大家都兴奋地纷纷拿起相

机。它们就像是小孩子，看到我们也无比雀跃，跟着船整齐地表演海面跳跃。那一刻我一点儿没觉得它们是动物，反而觉得我们是动物它们是人，这片海域是它们的家，它们正在为我们跳迎接舞。

又航行了一会儿，就看到几十米外的海面上有一个大大的“圆圈”，定神一看，是鱼群。只见一拨一拨的海鸟从远处飞来，一个俯身就扎进水中。这时船长在船头支起鱼竿，不足一分钟，鱼就上钩了，大小差不多有40厘米。

船又开了半个小时，抵达了第一个小岛。我们在离岸边一段距离的地方抛下锚，大家可以选择划Kayak（皮划艇）、坐小皮艇或直接游泳到岸边。一位美国靓女当即脱下上衣和裤子，剩下两片儿比基尼，一个跃身就跳进了海里。几个男生也露出魁梧的肌肉一并游了过去。我和刘姑娘选择了皮划艇，剩下几个人坐着船长开的小皮艇去了岸边。

岸边的山前有条小路，是通往山顶的，船长说上面可以看到如画般的海湾风景。山并不高，我们沿着小路爬到了山顶，Bay of Islands一下冲进了我们的眼帘。拍照的平台没有设置栏杆，为的就是可以拍到最好效果的照片。浅绿色的海水和一个个大大小小的海岛，风景如画。

下山后，船长已经拿来了很多浮潜设备，告诉我们可以往靠山的那边上游游，因为那有时可以看到小鲨鱼。我这儿刚准备好开游的姿势，就被“小鲨鱼”3个字吓了回来，这种没有安全系数的冒险我可不敢。船长看我面部狰狞，便赶快告诉我，我并不在小鲨鱼的菜单里面，如果我不去主动招惹它们，它们绝对不会主动出击。

挑到适合自己的浮潜设备，我们就纷纷下水了。虽然是夏天，但海水还是有些冰冷，我沿着山边游了过去。这里和热带不同，没有那些彩色的梦幻小鱼，偶尔看到有深色的鱼悠悠游过。不一会儿一条浅色的鱼在我身旁经过，浅到如果不仔细看都不会注意到，它看起来动作沉稳，一搓一顿地小幅度摇摆身体。没错！那就是小鲨鱼。想起船长说的，不要主动招惹它，我就赶快减小游动的幅度，漂在水面上，基本不敢动，成功地演了一块人鱼化石。小鲨鱼渐渐离开我的视线，我赶快游回岸上，给大家报喜。说着说着，天生体寒的我感觉被海水泡得有点打哆嗦，可朋友却取笑我是被小鲨鱼给吓的。我爬上皮划艇，在海面上享受阳光，黄色的皮划艇漂在水面，照样可以和海水亲密接触。划累了，就四仰八叉地躺在上面，把脚放进海水。

船长从帆船那边驾驶着小皮艇往岸边开，路过我时，让我回到岸上，马上要开始吃午餐了。在我们玩耍的时间里，船长已经在船舱里为我们准备好了午餐。铺上野餐毯，就开始发三明治，我们像是幼儿园的小朋友，仰着头，伸着手接过午餐。船长还提了一个竹筐，里面垫着英伦样式的红格子布，里面放满苹果。我们围坐在一起有说有笑，原来那几个美国大学生是交换生，来新西兰做短暂的学习，每个周末都会有一次出游。

吃完，大家继续在海边放松，坐在沙滩上肆无忌惮地发呆。仅仅就是坐在那里!

我决定回船上把比基尼换下来，划皮划艇回到了帆船边。首先要把船桨举到甲板上，确保放稳后，赶快一手抓住船梯，一手拿起皮划艇上的绳子。然后把绳子结结实实地绑在船梯上，确保皮划艇不会被小风浪给“偷”跑，掌握好平衡，从皮划艇爬上船梯，上到甲板。在船舱里，换过衣服，我断定，这个时间应该不会有人上船，就顺便在浴室迅速地冲了个澡，然后回到皮划艇上返回岸边。

休息了一会儿，船长安排大家回到船上，我们要开往另一座小岛。

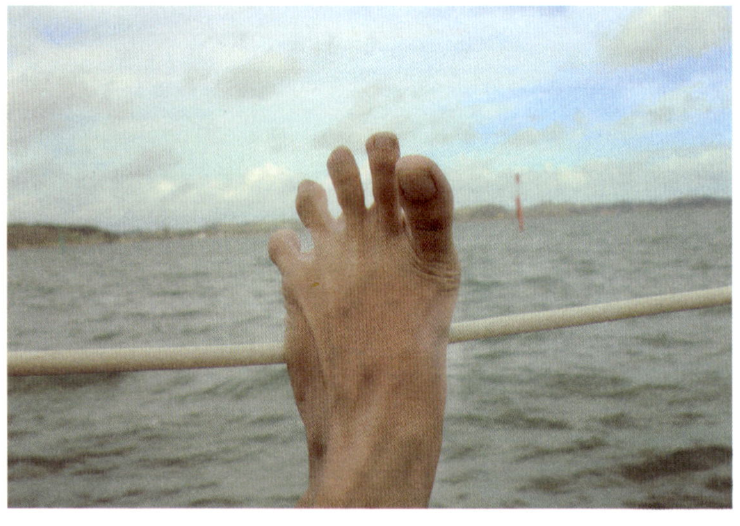

这时天色有些阴沉下来，帆船起航，我们仍然拿着相机拍个不停。帆船继续由那两个美国大妞驾驶，全速前进。船长则拿来一张地图放在甲板上，给我们指要去的另一座小岛的位置。按我这个路痴的理解，应该是在刚才那座山的另一面。

我依然坐在甲板边，把双脚垂下。我发现浪花开始频繁地打向我的脚面，远处乌云滚滚，还有个像龙卷风似的风柱。风越来越大，看样子是要下雨。船继续朝下一个目的地前行，我回到甲板的高处，船头溅起了大浪，被风托起的水滴落在相机上。这时船已经有了45度的倾斜，我们根本无法在上面行走。栏杆只是几条绳索，我们在船较低的这边，一手紧紧扶着围栏，确保自己不会滑进海里；一面要保护相机，把它裹在衣服里。船长的操作也进入了紧张的状态，他早已亲自掌舵，同时让美国男生调整风帆。他让我们去船较高的那边以保证安全，因为船还会更加倾斜。我们只得从低处往上爬，风帆的底部摇摆不定，撞到铁架子上发出“砰砰”的响声。船长提醒我们要低头爬，不要被风帆撞击到。船继续倾斜，我们从船上往下看，感觉船体的倾斜早已超过了45度。船长一直想尝试拐进小湾，避一避风浪，但风力太大。于是我们决定返航。我一步一步地挪到船舱，把相机递给早已钻进舱内的高小姐，并让她把我随身的外衣递过来。同行的小朋友也在里面，因为船左右倾斜，颠簸得很厉害，她一直在呕吐。

回到甲板，船长已开始根据风向调整船帆，一会儿向左，一会儿向右，但为了保证安全，我们每次都必须爬到船较高的那面。

乌云在我们的头顶，下起了雨，风越来越大，夹杂着雨水打在我们的脸上。美国男生在船长的指导下控制船帆，我们则跟着船长的口令，两边来回爬。

“Move，Move，Move！”他的口令发出，我们就开始爬，风帆底部撞到支架上的声音也越发猛烈。有时，还没坐稳就又要移回去。一次，我正在爬，刚把脚放过去，船就改变了倾斜的方向，我本是头朝上，可一下变成了头朝下，感觉船体已经倾斜得快要到90度，我当时真的担心了，恨自己平时没有好好练习臂力。我双手使劲撑住护栏，生怕一个没坚持住，就大头朝下，以倒立的姿势直接冲进海里。那一刻我才意识到护栏不是木质和钢制的，而仅仅是一种松软的绳索，而且非常细，攥一会儿就使不上劲了。波涛滚滚就在我的眼前，暴风嗖嗖就在我的耳边，雨水洒在我的脸上。突然一个喊声：“Move！Move！”所有人又从另外一边爬回来，船体倾向另一边，我也被船托起，这才松了口气。风势越来越大，船长叫我们聚拢到船舵附近，因为船体非常倾斜，再留在甲板边，会很危险，我们几个分别坐在船长旁边。从视觉角度上来说，这里比在船头和船边感到更平稳安全。来时的海湾已经出现在前方，远处也有几艘帆船正在极力返航，他们的船体也是同样的高度倾斜。

进了海湾，风力明显减小，雨也渐渐地停了，大家的心都放了下来。

就和上次风雨中乘坐小飞机一样，我并不知道这是否属于正常情况，但危险确实就在眼前。如果有一次没扶住，一定会被甩到海里的，最高和最低的浪中间目测大概能有一两米，一旦掉下去，即使不会喂鲨鱼，也会死于溺水吧。当时我除了努力地抓住栏杆，按船长的口令爬来爬去，躲避风帆底部的铁杆，根本来不及去设想太多。

下船后，我们一路开回了奥克兰。我躺在Motel里回想今日的旅程，明白了什么叫后怕。危急之时我没心思去愣神设想意外到来的情景，现在躺在床上，我才闭上眼睛去回想当时那一幅幅画面，才去设想意外的种种可能。

一直以来，我都觉得人类总有一天会进化成三只手，因为两只手是远远不够的。生活中嘴和腿常常在做我们的帮手，但它们又并非全能。如果当时我有三只手，就会两只手扶住栏杆，一只手拿着相机调到录像模式，把这全过程给记录下来。

心情平静后，我给在Russell认识的Raphael打了电话，和他约好去参观他盖的房子，顺便给他讲述我们今天的经历。他倒很是希望自己也能遇上这样的“危险”航程。

睡前，我翻看从I-Site带回来的宣传册，几乎每个项目上都标有“Adventure”（冒险）的字样，因为这是很多旅者来新西兰的目的，这是一个冒险之国。

原来，赶上了风浪，是上帝对我们的眷顾。

我总是喊着，我喜欢有高安全系数的冒险活动。而真正的冒险者又怎么会去在乎系数呢？用数值来衡量的冒险对他们显然是没吸引力的，甚至都不能称得上是冒险。

真正的冒险是毫不畏惧地与大自然结合，无论下一秒是生是死！

买块土地盖房子住

我们驱车去参观Raphael自建的房子，他的房子位于奥克兰北岸的Browns Bay。用他的话形容，北岸有点像是上海的浦东，是在海的对岸。

他的房子在一个小坡上，离海边也就几分钟的路，还可以看到“一线”海景。虽然远看和街上其他房子一样，设计得时尚漂亮，但想想这房子是他自己一点点精心设计和建造出来的，顿时觉得很膜拜。

那是一块600平方米的全副地，他盖了一栋三层五室的房子，里面还有个车库，可以停两辆车。参观完外观，我们进了房间，里面的装修还没弄完，即使如此，我们还是席地而坐聊了起来。

在新西兰经常听人说，谁谁又自己盖了一套房子。这让我想到了机器猫，从大口袋掏出一个什么机器，说盖就平地而起一栋房子出来，供小伙伴们玩耍。虽然听说自己盖房的人不少，但认识的人里Raphael还是第一个，就一个劲儿好奇地“采访”他。原来，所谓的自己盖房，也不是他亲手画图纸，一砖一瓦盖出来的，而是运作其整个过程。从买地到同建筑师一起讨论设计，直到实施都需要以不专业的身份参与进来。所以，只要有耐心、有热情，自己盖房并非一件难事。

在新西兰，土地所有权制度是绝对的私人所有。所以只要侵犯私人领地、住宅，甚至栅栏、汽车道的行为，都是非法的。而反过来说，只要是私有的土地，在获得政府批准后，房主就可以进行土地分割，或在上面建房子、拆改、扩建，对管道设施进行改造。说白了，只要审批通过的，就可以随便折腾。

Raphael首先花了45万新西兰元左右买了这块地，然后找好建筑师，盖房的单价是每平方米1500新西兰元，总建造成本是按照建筑面积算的。

其实嫌麻烦的人绝对不会选择自己盖房，因为整个过程要花很多的精力、财力和时间。从最开始的设计，到复杂的准备阶段，都需要自己参与进来。基础准备的工程听起来就很繁杂，什么设计布局、主要基点、地基水平点、挖掘讨论、电路红匣子、打桩等等。Raphael说得滔滔不绝，我们几个早已听得一头雾水。

其实Raphael也是在参与的时候才了解到这些的，这就是他想要享受的过程。买一块地，挖一个大坑，然后盖一栋房子上去，这有点像我小时候去北戴河海边，盖沙土碉堡。可谁都知道，盖房可是个大工程，虽然也是在地上挖个大坑，但那得有多少土要拉走啊。而繁杂的当然远远不止这些，所有的人员和设备租赁都要安排有序，什么挖土机、卡车、打桩机、送货、检查木桩的工程师等。只要一个环节有变化，所有人的时间就都要顺延。在新西兰，人们都喜欢把时间安排得严丝合缝，那些设备或工程师们也同时在做着其他家的活，一旦要调整起来，就很可能会形成一个全乱的局面。

听到这儿，我已经决定不会去买土地，挖坑盖房子了。而Raphael却乐此不疲，这个还没盖完，又惦记上了旁边那块地。他想再囤一块，等这个完工再接着盖。这哪是盖房子啊，简直是在玩大富翁游戏。在他眼里，买卖土地可以赚钱，也属投资的一部分，盖房子也一样，还能享受其中的乐趣。

每个人都希望赚钱赚得快乐，但关键在于我们是否能做到心里本身就是充满热情欣然地去做这件事的，而并非本着要赚钱的出发点。

很多人都认为，追求理想做自己喜欢的事情，往往永远贫穷，因此“理想很丰满，现实很骨感”。但谁又敢肯定地说，那些富足的理想不能“变现”呢？往往财富上的成功，都是基于最初那十足的热情，它可以把理想丰满到爆，那时的现实也就不会骨感了。如果出发点是赚钱，那还没出发，我们就已经失败了。

人人平等，因为所有人看到的是同样的美景

跟着“小路达人”

继空中的春节之后，第二年我又把春节假期安排在了新西兰。

这次是两个人的旅行，虽然少了团队的热闹，却不乏欢笑，还空出了大把时间随想发呆。

大年三十儿的晚上，我们落地奥克兰机场，好友Secia前来迎接我们。她是我非常要好的朋友，也是当年在电台上班的强力搭档。

她娇小旖旎的身姿从未改变，化着京剧般的浓妆就来到了机场，见到我就扑过来，来了个大大的拥抱。她刚刚在Sky Tower的Casino里主持完春节庆典活动，妆都没卸就直奔机场接我。新西兰很重视华人的节日，每年春节都有丰富的庆典，而且还会在Sky Tower上放烟火。

我们到了她家，已经是新西兰时间的夜里12点了，距离中国的零点还有5个小时。我们开始煮饺子，这是她下午提前包好的，样子看着歪歪扭扭，吃起来的味道也与中国不同，里面蕴含着对家乡的深深思念。

在海外的日子，春节联欢晚会都会成为每年最期待的节目，大家早几周就约好了时间和地点，筹备一起看晚会的大party。同学们都是租房子，所以去找一台有大尺寸电视的房子是春节party最重要的任务。看着晚会，喝着啤酒，等到当地时间凌晨5点，央视主持人开始倒数，我们就纷纷打电话回中国，听鞭炮声。电话那端的家长，都是在兴奋地喊："听到了吗？听到了吗？"鞭炮、二踢脚，这些在新西兰都是见不到的。

不知道是年岁大了，还是在海外待得久了，如今要等到凌晨5点已经完全熬不住，我们便纷纷回了房间，给家人祝贺新春后睡去。

这次租车的时候还加租了导航仪。它还真是很亲民，不管去哪里，都一直带我们走小路，找了半天也没有找到设置的地方。新西兰的路都不是直的，不是快接近目的地，肯定不会进小路，这就跟咱在北京，从西边到东边，不能一直穿胡同过去一样。这次可算是走了大量以前没走过的小路，两边都是各式的房子，虽然是有点绕，可没想到这样的路线却比走高速要精彩。小路里一般通行的车辆不多，我们完全可以把车速放慢到20迈，在里面慢慢悠悠地钻来钻去，欣赏各处的街景，还可以随时停下来拍照。

我给这个导航起了个外号叫"小路达人"，经常是好不容易刚走一段高速，它就发现了通往目的地的近路，于是指挥我们进入路口。按照它的路线，我们沿着小路往前开。两边的风景赏心悦目，路边是乡村家庭，每家的大门后面都有一条长长的通往房子的路，有的可以直接看到一大片草场地，优雅别致的小房镶嵌在当中。人们的生活情趣无处不在，即使没有见到主人，也可以看出他热爱生活的心境。仔细观察，每家门口都有一个设计精美的邮箱，风格各异。

我们一路欣赏风景，已经开到柏油小马路的尽头，那里有一对开启着的小矮栅栏门，前方是一条稍有斜度的石子路，蜿蜒曲折，看不到尽头。这时“小路达人”还是让我们一直往前走，为了欣赏这乡村的风景，就跟着它规划的路线走。石子路两边满眼都是鲜嫩的绿草，一望无际的小山坡没有房子，也没有牛羊。阳光正好晒在头顶，我们的小车颠簸在石子路上，有种说不出的归属感。想起刚刚的栅栏门，我预感到我们已经开到别人家里来了，又往前看了看，远处倒像是石子路的尽头。但就这样私闯民宅，显然有些不妥，我们赶快掉头往回开，然后，从大路绕了过去。果然，开着开着就看到了刚才那条石子路的尽头，原来“小路达人” 挑了一条最近的路，毫不把自己当外人地带我们从别人家里穿行而过。那里是一块比较大的农场，大到都没看到房子和牛羊在哪里。

记得之前有一次去90里海滩，在路上我们女生想去洗手间，看到一个有秋千的露天小游乐场，就沿着土路开过去，那里碰到个老爷爷，他让我们随便使用他的洗手间。男生就在几个秋千那里荡着玩，等我们。后来和老爷爷聊天才知道，这不是游乐场而是他的家，那些跷跷板和秋千都是他给孙子置办的娱乐设施。我们赶紧从秋千上下来，表示抱歉，老爷爷笑眯眯地毫不介意。不远处是他的牛羊群，我们很羡慕，问他那个牧场也是他的吗？他抬起手，指着前面道：“The next 2 small mountains are mine.”（前面那两座小山都是我的。）

Please be patient
WATCH OUT people about
Drive wise Save lives
Slow down for bends
Slow Down for Kids
Wet road? Increase the gap
←4 sec→
Keep left
Alcohol kills driving skills
Get home safe

老爷爷表情很骄傲，但我们都知道，他所骄傲的不是拥有那两座山，而是拥有那样低调而高妙的生活方式。

令人尴尬的艳遇准备动作

新西兰的冬天是雨季，夏天则大多阳光明媚。南半球的农历新春正月里，我们沿着海岸线公路开往Coromandel（科罗曼德尔半岛）地区。

两个人的旅行，总是会有很多语言的空当，车里放着电台的乡村音乐，眼睛和相机便无比忙碌。只要一开出城市，就会看到路上有很多车子都拖着游艇。这个国度，平均每四个人中就会有一人拥有游艇，为了努力成为那四分之一，我也查询过游艇的价格，一艘还不错的二手家庭小游艇，价格差不多三四万。

公路上就像是在拍摄旅行短片，一会儿一辆汽车拖着个游艇驶过，一会儿又一辆顶着个皮划艇，一会儿又一辆车后架着辆自行车。汽车不仅仅是代步工具，简直成了移动的运动场。

突然间我觉得这个景致和这个国度对我来说有些陌生。这和我想象的一样，在这个和英国领土面积差不多大的国土上，有太多的路我还没有走过，有太多美好生活我还没有感受到，相信还有更多的人情味我还没有尝到。因此，我心怀盼望，贪婪地希望有一日可以游遍这片土地。

愣神随想了一会儿，车子已经开始盘绕山路，左边的脚下是小悬崖，悬崖的下面是清盈透澈的海水，右边林中的鸟儿在叽叽喳喳地叫。我关掉收音机，欣赏车窗外大海与鸟儿乐队组合的演奏。

路过Kawakawa Bay（卡瓦卡瓦湾）的时候，我们停下来休息，只见远处一家人正在岩石那边找着什么。开始我没在意，坐在一块废弃的木头上放空，一低头，脚下有个圆咕隆咚带毛刺的东西，看着有些眼熟。一下想起来在国内的日餐馆里曾享用过它，这就是海胆。再看看远处的一家子，应该就是在捡海胆吧，想想有趣，这个在北京饭桌上价格不菲的海鲜，在这里却能在海边随便捡。

我们开的是辆红色的车子，他把椅背放倒，打盹休息。我则拿着包装为亮绿色的带气能量饮料“V”放在车顶拍照，“红配绿”伴着蓝天白云和一望无际的大海简直像一幅油画。刚拍了几张，就听到后面来了辆改装的车，“嘟嘟”声由远到近。我回过头靠在红车上看，那是一辆宝石蓝色被改装过的敞篷老爷车，车稍稍减慢了速度，冲我按了两下喇叭，我也友好地向那边摆了摆手，车子“嘟嘟”地开走，心想一定又是浪漫的老夫妇吧。他休息好，我们继续沿着海边的公路开，不一会儿看到远处有个小蓝点，正是刚才那辆老爷车。我们慢慢靠近，也减慢速度，一个年轻的当地帅哥戴着墨镜和草帽，打扮得有点像在夏威夷度假，风度翩翩地靠在车身上，正朝这边招手。我们以为是他的车子坏了，继续减速有停下来的意思，可当我们靠近，帅哥定神往我们车里一看，脸上的笑容马上变得尴尬，然后上了自己的车。据我们俩分析，帅哥定是以为我一个人开了辆小红车去旅游，再加上我热情地向他车里摆手，所以就在前面停下来，正在等我跟上后，开始一场小红与小蓝的意外浪漫艳遇之旅呢。没想到靠近了才发现，车里已经有位帅哥，只得放弃计划。别看那是老爷车，但速度相当地快，车子随着“嘟嘟”的声音就跟上来了。但海边的公路暂时没有超车道，他就只得一直在我们后面开，直到有个路段比较宽，我们便把车子往边上靠了靠，减慢速度让他超过去，超车时他举手示意向我们致谢。

我们在Whitianga（惠蒂昂格）入住，那也是一对老夫妇开的综合旅店，分别有几个区域：Motel区、房车营地区、停放小游艇和木船区，还有专门可以扎营的区域，虽然几个区域面积都不大，却有种“不管你是怎么来的，我都能够接待你”的意思。

傍晚，我们在海边散步，余晖把海面涂成了浅粉色。走着走着到了一个帆船码头，平静的水面托着密密麻麻的船只，如一座塑料做的仿真工艺品。

吃过饭，我们在市区款款而行。街上除了一家洗衣店，其他地方都关门了。店里的白炽灯开得亮亮的，大门敞开，里面却一个人都没有，大大小小有十好几台洗衣机和烘干机，人们按需求和规定自行投硬币进去，便可以使用，旁边还有一台电脑供等候的人上网。我们在那里东看西看了很久，也见不到店主。刚来新西兰的时候我也觉得很奇怪，外国人家里都不买洗衣机吗？为什么在电影里也都是人们抱着一筐衣服去洗衣店洗呢？看了《40 Days and 40 Nights》（禁欲40天）才猜想，也许洗衣需要等待，所以会有像剧中一样的浪漫邂逅出现吧。有些事情需要去搞清楚，而有些事情可以留给自己一个迷幻的猜想，让看到的世界更美好。

我们驱车回Motel，院子里面没有灯，我们停好车，熄掉车灯，一

抬头满天的繁星正挂在头顶，如一个著名微博的名字——“当时我就震惊了”。我跳下车观看，可我的视线居然不能收拢全部的星星，我顺着密密麻麻星群的路线转动身体，原来那是银河系。一条长长的星河跨过整片夜空，层次立体，远的、近的、亮的、暗的，星团星云混杂在当中。我们使劲地把头仰起来，直到马上要折断颈椎。最后我们又开回了海边，躺在沙滩上贪婪地欣赏星空，看着看着就以为自己是在科技馆里了，美得那么不真实。

最著名的观星小镇其实是在从Christchurch（基督城）到Queenstown（皇后镇）路上的Lake Tekapo（特卡波湖），每晚那里都聚集着很多来自世界各地的摄影爱好者。事实上，只要用心寻找，在媒体推广之外地区的星空也不会逊色。而且远离喧嚣、归隐山林更是城市人应该体验的生活方式。新西兰人常说，人人都是平等的，因为我们看到的都是同样的风景。

因此，有的时候就应该把宣传单扔掉，把导航关闭，就这么肆意地开出去。

那里，一定会有个意外的惊喜等待着我们。

在海滩下挖出私人温泉

一位《摄影之友》杂志社的朋友曾经问我，新西兰的Hot Water Beach（热海滩）怎么样，因为她要做一版有关那里的介绍，可我居然从没听说过那个地方。“小”学生时代我们的眼界如此狭小，只知道几个著名的大景点，却从来没细细去品味过那些有趣的小地方。

这次，我终于没有错过这里，期待着能在海滩里挖出一个私人温泉，给自己补补矿物质。Hot Water Beach听起来是很温婉的名字，可到了才看到它的凶猛，海边浪很大，目测足足有一两米高，完全不像是东海岸的姿态。海滩上也没有很多的人，我开始怀疑这里到底能不能挖出温泉，路边刚刚租的小铲子是不是也算打了水漂儿?

拍了会儿照片，海滩的人渐渐多了起来。一家人带着几个小孩子和两只小狗集体来到沙滩落座等待，我们去和那家人搭讪，想问个究竟。原来，这里地下流淌着一条温泉河，在低潮的两个小时内，只要在沙滩上随意一挖，就能涌出细润的泉水。这才想起，租小铲子的地方有标出今日低潮时间，只是自己太过兴奋，没去问询其含义。

沙滩边的人渐渐地多了起来，时间未到，小朋友们就按捺不住，已经开挖。过了一会儿，海滩形成了一片集体开挖的气势，相当壮观。我站了起来，看到所有人都在专心致志地挖洞，有种田鼠大家庭的梦幻感。所有的家庭都在DIY中，为自己打造着最完美的天然私人温泉，一人一坑，互不干扰。

饕餮大餐是只小鲨鱼

新西兰的北岛有很多小景小致，去往知名城镇的路上，总可以路过很多小城镇，都别具特色。有些旅者匆匆地从奥克兰一路奔驰到Bay of Islands的时候，又是否知道他们错过了Warkworth（沃克沃思）和Matakana（马塔卡纳）这样的姿美小镇。

从奥克兰开过北岸大桥，水面上停满船只，那些船的船主都是来自世界各地的帆船爱好者。大桥上不能停车，但有个方法可以停下来看看桥下的风景，那就是把车停到桥下，徒步爬到大桥上面。这听起来挺不守规矩的，却是一项合法的娱乐活动，爬到顶端后就可以玩一次大桥蹦极。这可是世界上第一个合法的，可以从大桥上往下跳的地方，同样也是“蹦极之父”A.J.Hackett创建的。我没去“跳桥”，而是把它留给后面的人生，一点点慢慢地享用。人需要常常处心积虑地攒点魂牵梦萦的小心愿，也算是储备一些快乐给将来的自己吧。很多美国大片的打斗场景都会选择在大桥上，如果能从上面一跃而下，那场面绝对铭心刻骨。据说贝克汉姆也在这里跳过。

一直往北开有个叫Orewa（奥雷瓦）的城市，这里同样有着迷人的海滩。我们停下车，稍作停留。这里的海面与Hot Water Beach不同，它平静清澈，白色的沙滩闪闪烁烁，海面波光粼粼。每到一个海边，我们都喜欢在沙滩上探寻一番。沙滩的表面像是个自然记录仪，收录了所有踩过它的脚印，一排排海鸟的脚印，成人坚实的脚印，小朋友歪歪扭扭的脚印，还有狗狗的梅花脚印，一切都显得那么祥和。我们低着头像是在采蘑菇，幼稚地捡起几个贝壳，并打算带回中国作为礼物送给朋友。记得一年前，朋友从澳大利亚回来给我带了一捧海边沙土，让我好一阵欣慰。沙子被放在一个废弃的甜品玻璃瓶中，里面还放了张字条，写着沙土被收藏的日期。我还曾把一根在鸟岛捡的羽毛带回了中国，至今都使用它做书签。

这时我们发现海边有很多活的贝类，看上去像是在中国吃的那种带子，两片贝壳紧紧闭着。周围有海鸟在辛苦地觅食，我们打好为它奉上美餐的主意，把贝壳投到了它面前。可海鸟却不领情，我们只好离得再远一些，假装没看它，可它好像是真的没看到。我急得像妈妈追着孩子吃饭一样，拿着贝壳一个劲儿地往它面前放，最后终于把海鸟给喂跑了。不经意间，一只稍大的海鸟早已在远处跃跃欲试。我们把贝壳朝它一扔，它就连飞带跑地过去叼住，虽然它的嘴又尖又大，可贝壳在海滩上翻了几个跟头也没能被打开，看来里面的家伙也十分顽强。这时就看

海鸟叼起贝壳飞走了，我拿着相机跟拍，心想这是拿回家给“老公”去搞定吧。没想到镜头里的海鸟一个盘旋，张开了嘴，我边拍边喊：“掉了，掉了！”我猜是贝壳太大，它没叼住。而海鸟却比我聪明多了，它是特意把贝壳叼到高空，然后张开嘴，让它摔到沙滩上。结实的壳被摔碎，海鸟美滋滋地享用了晚餐。我很喜欢这只聪明的鸟，就跟着它在沙滩上走，甘愿成为它免费的跟拍。我想它是为了感谢我，居然把我带到了它饕餮大餐的餐桌前。我的镜头跟着海鸟，突然一条鱼类的尸体出现在镜头里，我赶快放下相机。那条鱼的头和身体中间的位置已经被掏空，还有一些血渍，但在太阳的照射下，尸体已经快成了烤鱼干。鱼的表面没有鳞，仔细一看才发现那是一只小鲨鱼，海鸟带着得意的眼光一下下地叼着鱼骨。我猜小鲨鱼是因为退潮时不小心搁浅而遇难的吧。

惊心动魄之后，我们继续往北开。

酒后驾驶，合法上路

Warkworth和很多小镇一样，一片静谧安详，我们抵达小镇的时候已经是傍晚。太阳尚未落山，所有店铺就已关门，这是一个比誓言还要永恒的事实。甚至我们都没找到一家开着的餐馆。路上倒还算热闹，很多车都拖着游艇往家走，看向路边，大部分的小院内都有一艘游艇。没有行人的路上，有家小店还开着，并且门前挤满了人，我们赶快也停下车去凑热闹。这是一家Fish & Chips（炸鱼和薯条）快餐店，两三平方米的柜台前挤满了人，也不知道是因为没有饭馆开门，还是因为做得好吃。Fish & Chips是最有名的英式快餐，想必这就是上帝为我们准备的晚餐。我们选定了Snapper，付了款，拿了等位条。这景象只有西湖边的“外婆家”才会碰到吧，如今在这小镇居然也遇到需要拿号排队的情况。

Fish & Chips的外卖不是用袋子，也不是用餐盒，而是被一张很大的白纸包起来的。我捧着大纸包，坐上车，Fish & Chips的香味从纸缝里冒出来，2分钟到海边的路，好像开了一个世纪。海边有为人们欣赏风景而设的木桌椅，我们从车里拿了一瓶常温的饮料，在那里坐下来。打开白纸，金黄色的薯条闪闪发光，香味扑面而来。我们迫不及待地开餐，将深炸过的鱼一口咬下去，外焦里嫩，真是太美味了。心想唯一的遗憾就是没有冰镇啤酒，当然这个小幻想确实有点奢侈。这时远处房车旁的一位同龄人朝我们走来，他热情地向我们问好，并递来了一瓶啤酒。在新西兰，都无须客气，对方也绝对不是在和我们客气，于是我边感谢边接过啤酒，当手触碰到啤酒的时候，才发现那居然是极度冰镇的。我攥着冰凉的玻璃瓶，差点没感激涕零。他告诉我们Warkworth这家Fish & Chips在镇子上是相当有名的，夸我们很有眼光。简短地问候完，他就又回到了房车前的木桌椅边，那里他的女朋友正在等他，也在朝我们这个方向招手问好。

吃饱喝足，我们跑到沙滩上。我一回头看到刚才那对年轻的情侣正在热吻，赶快拿起相机把他们拍下来。我相信，他们不会介意我用这样的方式把他们浪漫的瞬间记录下来的。

在岸上的时候就看到海里有只黄色小船，不知道是哪个不小心，搁浅在海滩上，正要上前探个究竟，却发现上面有几个人。远处的海里还漂有几艘小船，夕阳打在上面，让它们闪耀着金色的光芒。沙滩很松软，可以印出我们脚丫的形状。投入地拍了一会儿照片，突然发现我们已经被海水包围，正站在一片稍有凸起的沙滩中，像是海中的一个空中舞台。原来松软的沙滩高低不平，我们正好站在高处，海水正在涨潮，速度很快。可我们拍得太入神，根本没有意识到，眼看海水围着我们渐渐渗过来，我们赶快蹚着水往回走。海水并不浅，已经到了膝盖的位置，要是再晚点反应过来，估计就要游回岸边了。这时，刚刚的小黄船也开始渐渐地被海水托起，原来小黄船的主人是等着涨潮后船漂起来，再用车拖回家呢。

不管是太阳陪我们下山，还是我们陪太阳下山，海上的天空最终褪去了夕阳的绚烂，转成了如梦境般深邃的蓝色，我们驱车离开。喝酒驾车是一种“特权”级别的享受，因为在新西兰，只要是20岁以上，喝一瓶啤酒是可以开车上路的，上路的酒精标准是每次喘息不超过400微克，或每100毫升血液不超过80毫克。记得多年前一次朋友聚会，开车的朋友小酌了一瓶酒，本想着都已深夜，不会有警察，可就那么巧，高速口警察正在查酒驾，旁边的小路口也有警察留守，专门防止酒驾者从小路逃窜。我们全车人都很紧张，车子排到检验处，警察叔叔们一如既往地帅，这也让我们想到了三十六计之一计。我和Secia把车窗全部拉开，和警察热情地打招呼，笑得张牙舞爪的，要是没有耳朵挡着，嘴都得跑到脑袋后面去了。警察果然接了招，一边测试一边迎合着我们的笑容，还问我们在哪里上学。聊完后，看了看测试表，道了个晚安，就把我们放走了。我们赶快一脚油门开了出去。全车人为我们的美人计欢呼雀跃，这也着实地证明了我和Secia的魅力，我们自鸣得意到“爆”。待得久了才知道喝酒可以上路的规定，一直以为是给警察抛媚眼成功，才摆脱了酒驾的惩罚，简直是太自作多情了。

其实来到Warkworth只是一个意外。我们本来的目的地是去Matakana的一个周末集市，但那里的住宿已经全部被订满，只得住在附近的Warkworth，没想到遇到如此美味的Fish & Chips、如此亲和热情的情侣、如此绚丽的小船和那金色的余晖。

没事儿钓个鲨鱼玩玩

在Google地图上看，Waipu Cove那边有一条长长的沙滩，我们便心血来潮地开了过去。车子停好，站到沙滩上的那一刻，我浑身的毛孔一下竖立了起来。沙滩呈不同程度的红色，海水呈暗紫色，像是鲜血在滚动。海边也并不平静，层层海水掀起浪花。海边的鸟儿在焦虑地寻找食物，场景萧瑟，像是电影里的海怪刚刚攻击完人类的惨状。我有点不敢往前走，生怕一步过去就被海怪吃掉。我猜想这海边一定是被什么东西给污染了，按新西兰人的风格，岸上一定会有介绍，我们便去岸上找答案。

原来海水的颜色是一种叫作Pingao的红色植物造成的，它们原本长在沙丘上，但风暴来临的时候，海水冲到了沙丘，就变成红色了。岸上信息牌中提醒大家要保护沙丘，上面写道："Protect the dunes and they will protect us!"（保护沙丘，它们就将保护我们！）

离开红色的海滩，我们继续随意地开。看到一个牌子写着有瀑布，就拐进了小路。里面有个专门的停车点，看来还是一个不错的景点。

新西兰的大部分景点都是不收门票的，但设施建得都很完善，停车场、洗手间、通往瀑布的小木桥一应俱全。刚停好车，就有一位银发奶奶手拿宣传单朝我们走来。她是提醒我们锁好车门，关好车窗，贵重物品随身携带。她说着戴上了老花镜，对着宣传单又逐字逐句地给我们讲了一遍，最后还发给我们一个小塑料袋，把宣传单小心翼翼地放进去。

瀑布边的河岸上，孩子们正玩得畅快淋漓，他们兴致勃勃地秀着跳水姿势。有的人直着跳，有的人翻跟头，有的人倒立直扎进去。

回到车里一切安然无恙，没有毛利人砸车抢物。这时才注意到，老奶奶开的是辆大吉普，后备厢打开着，旁边支着个帐篷，还支有一张桌子，桌上有水壶、咖啡杯和她发给我们的宣传单。老奶奶又走来了，在欢迎我们归来，她说这里经常有毛利人抢盗，所以她就在这里看着。我猜她应该是在这里做志愿者。

说来有趣，头发花白的老奶奶看场子，真的可以防止身强体壮的毛利人抢盗吗？如果不能，那么北京胡同里曾经风靡一时的“小脚侦缉队”又有什么作用呢？

告别热情勇敢的老奶奶，我们去了下个目的地Gulf Harbour。它离奥克兰很近，在地图上看是个鹅头的形状。那是个周末，我们提前预订好了两天的同名酒店Gulf Harbour Lodge，并预付了200元，以保证在不露宿街头的基础上，还能住上个不错的酒店。在Google地图里看，它位于一条细长的海湾旁边。

我们的房间靠着海湾，窗外静谧的海湾上漂着私人船只，白色的帆船成了中间层，被夹在蓝天与蓝水中间，形成了一条独特的风景线。这就是传说中的湾景房吧，这样的环境和景色显然是为发呆控人群准备的。我们来到咖啡厅，享受闲散时光，看小鸟在脚下走来走去觅食，看欧洲情侣游客手挽手沿湾边散步。不一会儿一位亚洲人朝我们走来，问我们是不是中国人。得知他也是中国人，我倒没惊讶，可他告诉我们，他是这家酒店的业主，让我们称呼他施大哥，并欢迎我们来新西兰旅行。我告诉他，我之前一直在新西兰读书，现在每年都过来度假。我们非常聊得来，他邀请我们第二天和他一起去出海钓鱼，并在船上住一个晚上。早就听说新西兰的深海里可以钓到很大的鱼，虽然在Bay of Islands见识过一次，但专程出海钓鱼，还是第一次。

第二天，我们早早地上了船，朝深海开去。我们这才和施大哥深聊，原来他和Raphael一样，也是个投资人，这个酒店也算是他的投资项目之一。他热爱生活，所以这样的投资，让他既能赚钱，又能享受生活。

我们的船被一望无际的海洋所包围。据说同船的其他几个人都是专业的钓主，他们纷纷支起鱼竿。还有两个年轻人居然没支鱼竿，却扛起了专业的录影机，原来，这次出海，他们都是带着任务来的。几位同行的中国人来自大鱼俱乐部，这次是特意为钓鱼来拍片的。这么一说，我心中暗喜，既然要拍摄，那一定是要求钓上来很大的鱼吧，看来能一开眼界了。我们既不会钓鱼，又不会录像，只能乖乖地做观众。

竿刚下去不一会儿，就有鱼上钩，他们一个劲地往上收线，让人吃惊的是鱼线那边居然是一条鲨鱼。它的个头可和我在Bay of Islands看到的鲨鱼不同，至少也得有七八十厘米。它具有极强的逃脱欲望，在水里猛烈地摆动着身体。船上的新西兰人赶快俯下身，伸手剪掉了鱼线，鲨鱼瞬间消失在深海里。这时另外一位钓主也上竿了，开始收起鱼线。一条大鱼被拉上岸，我当时就愣住了，一上称，那条鱼足足有20公斤，而钓主却喊：“太小啦！”瞬间鱼又被放回海里，回归了它那自由的国度。施大哥告诉我们，在新西兰的深海，20公斤的鱼到处都是，这些玩家们希望在更深的海域，钓到更大的鱼，盼望着不断突破自己的纪录。

当晚我们住在游艇上，在风浪的作用下，船体晃动得很厉害，我倒觉得像是摇篮一样，躺下就睡着了。第二天听说，节目组的一名工作人员晕船现象很严重，一夜都没睡，在船舱外坐到凌晨4点。

游艇开到了更深的海域，钓主们都很兴奋，有的人还让我们也去尝试一下，可我们实在怕毁了人家破纪录的机会，就婉言谢绝了。鱼竿只要一下去，就会上鱼，他们说这里的鱼很饿很饿。经过了紧张的收线，

本照片版权归ANZFISH（新西兰大鱼俱乐部）所有。

一条巨型的鱼出现在海面，原来这种三四十公斤以上的鱼才是他们的目标。他们抓紧时间抱着鱼拍照，然后一松手，鱼就会一下跳入大海。

下午，风浪变得越来越大，船体完全跟着巨浪上下起伏，我已经不敢站在甲板上了，但钓主们还在努力创新高。海上的大风浪马上就要来了，船长要求大家收起鱼竿，并紧张地对着镜头喊：“We must go back before we die.”（我们必须在死之前离开这里）看得出来，他是在故意烘托紧张的气氛，让大家感受冒险的刺激。

船一路开回港湾，一切又变得悠然自得，恬静美好。海上的晃动，巨型的大鱼，猛烈的风浪，突然成了刚刚做的一场梦。

如果，意外之旅成了一场梦境，那它就算是完美了。

请问：黑白花的牛，乳头是什么颜色的?

从奥克兰往南，我们开始了魔戒之旅，去寻找霍比特人的足迹。

一路上有很多的牛羊群，一见到，我就要停车拍照。多次试验之后发现，牛一看到相机就开始缓慢移动到镜头前，排成一横排，集体摆造型，要是没栏杆围住，我想它们一定都想与我亲密接触。而羊咩咩却相反，虽然看似有探究心理，一直在回头，但却是渐渐远离我，给我一个毛茸茸的小屁股，上面绣了一个小尾巴。我乐此不疲地拍，把镜头一会儿拉远，一会儿拉近，简直当望远镜使用。突然，我放下相机，蹲在地上大笑起来。他一个劲儿问我，怎么刚踏上寻找魔戒之旅的路，就被魔戒给蛊惑了?

“It is my pleasure!”我学着电影里的样子，刚要把相机里的照片给他看，却又收了回来，道：“提问!”

“回答!”他答。

我便邪恶地边笑边说，“请问黑白花的牛，乳头是什么颜色的？”

他一蒙，琢磨了半天，望向附近的一头牛，定神一看，也开始捧腹而笑。

原来，在我拉近镜头的时候，恰巧牛儿大大的乳头进入我的视野，黑白花的奶牛，乳头居然也是花的。大大的白奶头上，像是被画上了一些黑色的斑点，实在是很可爱。仔细观察牛的乳房，有很多需要挤奶的涨得很大很大，那里面的奶水真是造福了很多国家的人们啊！纯净的空气和土地，让牛儿吃到新鲜的草，让它们产出世界上最为纯净的牛奶。

开往霍比特人村庄的路上，遇到了辆熟悉的Red Bull（红牛）的车，一辆小Mini上顶着一罐大Red Bull，开在高速公路上。之所以对它熟悉，是因为每逢周末当地靓女推广小姐就会开着这样的车到处宣传，看到年轻人就会送上两罐冰镇的红牛。不知道今天这辆是不是要送到霍比特人家中的。

位于Matamata小镇的霍比特人村庄是《魔戒》中霍比特人的故乡夏尔的拍摄地。相传当年Peter Jackson看上这片土地不仅是因为山美、水美、景也美，而且在目力所及之处，没有电线杆等任何现代的痕迹。随着《魔戒》续集的播出以及前传的上映，这里已成为知名的景点“霍比特屯”。

购票后，一辆大旅行车将我们拉到了“屯口”。这辆大旅行车只有我们是亚洲游客，可想而知《魔戒》的影响力和美丽的夏尔对于全球人们的巨大诱惑。

这附近的村民现在几乎都成为了导游，一路兴致勃勃地给我们讲述童话般美景的搭建和电影的拍摄过程。可我们却忙着拍照合影，一个个也变成了快乐的霍比特人。

各种颜色的袋底洞门口、夏尔的大树下、湖畔边，是人们的最爱。我想每个人都向往和霍比特人一样，在夏尔迷人的风光中，享受着日日的美酒美食，无忧无虑地生活。

回到出发地后，我们还参观了剪羊毛表演，看起来胖胖的绵羊一出场就开始咩咩叫。工作人员一开始给它剪毛，它就乖乖地靠在他的身上，像是在享受SPA一样。虽然是享受了一番，可剪光后它就略显羞涩，赶快钻回到两扇活动的木门后，却把屁股落在门外。这让我想起了2004年，一只失踪在南岛7年的小羊Shrek终于在Tarras（塔拉斯）的山洞里面被找到。它是一只极其聪明的小羊，为了逃避剪羊毛，处心积虑地隐居了7年，被发现后它的羊毛已经达到27公斤，足足可以织20件毛

衣。它立刻一举成名，还被当时的总理接见过。它到处表演，演出的费用不会低于16000元，最终剪下的羊毛以拍卖的形式售出。因为Shrek喜欢与小朋友和老人亲近，它的主人就把所收的款项全部捐赠给了儿童医疗慈善机构，总共筹得了15万美元的善款。

看完剪羊毛表演，工作人员发了我们几瓶奶。刚出门，门口可爱的小羊就对我们手中的美食翘首以盼起来。奶瓶看上去和小婴儿用的一样，有个胶质的奶嘴，我还没递到小羊前，它就伸着脖子过来，嘬奶的力度非常大，还可以听到“吧唧吧唧”的声音。我想把奶瓶递给同伴，让他也体会一下当妈的感觉，可抽了半天也没抽出来，它就一直嘬着奶瓶，我只好朝上一拔，奶瓶才得以脱身。我准备相机时，就见小羊急得四个小脚原地来回捣，屁股跟着扭，头还等不及地使劲往上探，真的像是在说：“快点，快点！”

我抱着小羊拍照，它不怕我，反而对我很亲近。我反倒是有点怕了，担心刚才喂了奶，它便把我当成了妈，我走后它便会很失落，很伤心。

往往和动物亲近的那一瞬间，我觉得已经没有了人类与动物的区别。事实上区别确实不大，因为我们是一家人，都归属于这片美丽的领土——地球。

信任就像橡皮擦，每错一次就会变小一点儿

从Taupo（陶波）去 Napier（纳皮尔）只有一条路，整整100多公里的路上没有加油站——这样的公路通常会在入口处竖立牌子提醒。公路曲折蜿蜒，一路基本没见到车。我们一直在盘山，路边甚至没有栏杆，拐弯处都有明确的提示，很多都是25度。一个弯拐过去还是深山，下面就是深深的山谷，山谷里长满高高的枯黄野草，阳光被高山挡住，有些毛骨悚然。车子好像一直处于比较高的海拔，好不容易才找到一个可以停靠的位置，我们顺着小坡往下开了点儿，山脚下深不见底，安静到连鸟的声音都没有。高高的野草被风吹得“沙沙”作响，我溜达到坡上，看到路的尽头有块山石，像是刻有一张人的脸，我有种不宜久留的预感，便匆匆继续赶路。一路上，我一句话没说，好像嘴巴动一下，都会影响方向盘的精准度似的。车一路开到Napier，天色已暗。

第二天，前日路上的恐惧感已经退去，因为窗外洒满了阳光。我们来到市中心，正好赶上古董车展会，英伦风格的老爷爷开着自己收藏的古董车来到市中心聚集一堂。我则和他们不太搭调，我们把车停到古董车广场旁的停车场里，后面两个窗户上都挂着我昨晚洗的衣服，吊带、裙子，还有内衣和内裤。事实上，没人会在意这个行为，反而会因此画面滋生羡慕，最多有可能会过来问一句，为什么没能租到一辆房车罢了。

离开Napier车子又开上了高速，四个车窗全部落下，后面挂着的几件衣服被风吹得“噗噗”响。操控台上洒满了阳光，我便把大一点儿的衣服平铺在上面晒干。那里，阳光好得你不去利用都觉得是一种可耻的浪费。

近几年，新西兰的葡萄酒越来越被各国人所追捧，Napier旁边就是Hastings（黑斯廷斯），这里有无数个葡萄酒庄。中国一些超市里所卖的进口葡萄酒，很多都是产自这里。酒庄都非常大，即使进了大门，也还要再开一段才能到接待处。我们随意选定了一家，把车停到大门口，我淘气地拔下了门前的大旗，挥舞了一番。酒庄内可以随便试酒，根据味道选购自己喜欢的。当然，即使不买他们也会乐意请你继续参观酒庄。接待处内有只慵懒的大狗，一直趴在地上睡觉，直到我们买完酒，要拍照，它还迟迟不起，抬着半个眼皮懒洋洋的样子，颇有赖着要出镜

MOANA
FOR RENT
MOANA

的嫌疑。

离开酒庄后，路上还有一些农家小院，门口都立着一块牌子，上面用五颜六色的笔标写着院内在售卖什么。开着开着就看到一个“Q”版小木屋，目测面积也就一平方米。停下车一看，原来是个蔬菜小店，里面分不同的格子和区域，有黄瓜、西红柿、柿子椒等新鲜蔬菜，但却是无人售卖的。那里有个小铁盒，路人可以根据自己的需要购买蔬菜，并按照价格表上的价格自行把钱投入到小盒中。我们买了一袋西红柿和一袋黄瓜。

没开多久，又看到卖鸡蛋的牌子，我们便拐进了居民家的小院里。房子关着门，看样子主人刚好不在家。门口的桌子上摆着两盒鸡蛋，盒子上写着价格，收钱的罐子像是一个废弃的果酱瓶子，里面已经有几枚硬币，我也把两元投入其中，硬币应声落到瓶底与其他硬币相碰，发出悦耳的声音，此刻我听到了信任奏出的曲调。

有一种幸福是享受被信任，然而它是种一次性“消费品”，不可再生。朋友、情侣之间皆如此，如果只是一次没能坦诚相待，让谎言这个恶魔附了体，对方将不会再给予那珍贵的信任。

曾经也听过一句这样的话：“Trust is like an eraser. It gets smaller and smaller after every mistake.”（信任就像橡皮擦，每错一次就会变小一点儿。）

真实存在的霍比特人的村庄

我们的目的地是位于惠灵顿的《魔戒》和《霍比特人》的后期制作工作室，这应该算是电影那些人物的出生地吧。

我们经过城市Havelock North（北哈夫洛克），我觉得这个城市的名字直译可以叫“有锁”，同伴开玩笑说，估计总理John Key在这里出生的吧，因为他的名字可以意会为“有钥匙”。

本来有条较直的路可以通往惠灵顿，但我们却选择了一条在地图上看已经很崎岖的路段。过了Featherston（费瑟斯顿），车子就进入了山间，路开始越来越陡，海拔越来越高，25度、35度的弯路随处可见，路下是崇山峻岭，想必喊一声都可以听到回音，这比之前那条没有加油站的山路还要险峻上10倍。一个25度的转弯后，我的心差点没跳到山谷里去。我真的很想哭着唱“敢问路在何方，路在脚下”，因为此刻一条略长的山路，不是在前方，而是在不远处的脚下，通往那里的每个弯路都是大下坡，我们的车速已经放慢到40迈。我当时很后悔，出发前没好好检查一下刹车。我拿起相机想拍些照片，可车子一直在转弯，每张都拍得歪歪扭扭，我索性收起相机，哪儿也不看，玩起了手机。这不是因为很放松，而是因为太紧张，连用眼睛去收录美景的勇气都没有了。几个拐弯后，我们到达了较长的那条直线坡路，目测斜度差不多有35度，而下方路的尽头是个拐弯，路下面是具有魔幻感的山谷，模糊地记得山谷里有重重的雾气，密密麻麻的森林布满远处的山峦。

半小时后，我们终于开出了山路。险路的减速，使得我们计算的时间拖后，只好踩足油门继续往惠灵顿市中心开。不巧的是，我们居然在进入惠灵顿的时候，赶上了大堵车，也算是在新西兰经历了一次首堵。

奥克兰是风帆之都，而惠灵顿却是一不小心少了个“帆”字，成了风之都，风真是大得和传说中的一样狂野。到达Weta工作室约6点，这里已经大门紧闭。全球知名的工作室，门面简单得如同一个普通的民居，最醒目的区别则是侧墙的怪物涂鸦。我肃然起敬，看起来这么普通的地方，却诞生了那么多伟大的、奇幻的电影特效作品，为全球的观众带来视觉、精神乃至心灵的全新体验和震撼。

太阳正在渐渐返回那半面地球，我们只得在夕阳下，利用那最好的光度，去拍摄门口的个性涂鸦墙壁了。惠灵顿、Weta工作室，我们还会再来的。

晚上预订的Motel在Levin，那是一座宁静的小城，只有2万左右的人口，因为到了那儿已经9点多了，我们只好去超市解决晚饭。在新西兰，不管多小的城镇都会有一个大型超市，这里也不例外，货架摆放得整整齐齐，水果蔬菜五颜六色。细细看才发现这里的与众不同：在其他超市是小包装的这里都是大包装，而且红酒足足摆满两大面的货架，超市的每个角落，都充满着生活的气息，这里不愧为一座养老小镇。走到另外一面，青口正在玻璃缸里鲜活地等着我，每公斤的价格只有不到3元，于是我毫不犹豫地把它们带了回去。和在其他超市一样，我们使用了自助付款机，只要在机器上选好购买了的产品，机器就会自动称算价格，有条形码的，便可以直接扫描，最后按照总金额付费，如果需要找零，那可别忘了拿走钱槽中自动找回的剩余金额。

回到Motel，我们赶快查今天走的险路，原来那条山路下面的山谷是《魔戒》里的Rivendell（瑞文戴尔），就是那些精灵居住的地方。这可能是整个中土世界中，最神奇、迷幻和圣洁的地方了，要抵达那里，当然要经历一些迂回曲折。

拜访精灵的家园，为我下次的旅行留下了另一个悬念。

赢了有关“发呆”的辩论

飞在50吨重的抹香鲸之上

从新西兰的北岛到南岛可以选择轮渡和飞机两种交通工具。为了在天上看看海岸线，我们决定坐飞机。乘客落座，机舱门关闭，电视上开始放映乘机安全须知。而那段宣传片则是一段《魔戒》的“番外”，为大家讲安全须知的全都是《魔戒》中的人物，整个影片充满着幽默活跃的气氛，就连大导演Peter Jackson都出了镜。

飞机起飞，穿过云层，不一会儿就飞入了云与海的世界。窗外可以清清楚楚地看到海岸线，以至于我有种要从包里掏出地图，审核一下他们画得到底对不对的冲动。渐渐地，绿色映入眼帘，南岛已经在我们的脚下。

从基督城往北开是一条美丽的沿海公路，公路边则是那条美丽的火车线。可以想象人们坐在火车上，一会儿读读书一会儿赏赏海的休闲姿态。总有一天，我也会安排一次这样的旅程的，而且还会对外面的汽车喊一声，要不要和我们的火车赛一程。

Kaikoura（凯库拉）是著名的观鲸小镇，是世界上离陆地最近可以看到鲸鱼的地方。我们早已订好了票，整点登船，准备去和大鲸鱼道个Hello。船开向深深的海里。

这里海水的颜色比之前去的Gulf Harbour要深很多，浓浓的乳蓝色略显高傲。和预估的一样，我们先是看到了一些海豚跟着船走了一段，但鲸鱼迟迟没有出现。据介绍，等鲸鱼出现，为避免惊动它，我们最近可以距离它50米。可等了很长一段时间，鲸鱼居然还隐在海底羞涩于出来见我们。于是船只好返回，并按规定进行了费用退还，导游建议我们可以坐直升机观看，那样看到的概率会比较高。

我们的飞机盘旋在钻石蓝的大海上，显得那么渺小。果然，不一会儿飞行员就告诉我们那边有鲸鱼，飞机下降了一些。那是一头长约20米的成年抹香鲸，据说重量可以达到50吨，它在我们脚下缓缓地游动，那硕大的气孔，时不时就喷出一股水柱。当它弓起脊柱，便是要深潜下去，瞬间那曼妙的黑亮的巨尾消失在海面，一下划破了那里的平静，溅起一阵水花。脑海中有关在深海观看抹香鲸的画面，还是在星野道夫笔下读到的，他那些在阿拉斯加观鲸的经历不得不让我惊叹一番，没想到今天那巨型的抹香鲸也在我的脚下。之后，我们又看到了两只，飞行员都能分得清它们谁是谁，说出它们的具体信息，想必他们是相亲相爱的好邻居。

落地后，我们在I-Site发现这里有丰富多彩的水上运动。居然还可以划着皮划艇去探望海豹。这么看来，海洋真是一片和平的国度，同一片深海中，有巨大的鲸鱼、可爱的海豚、慵懒的海豹，还有那海平面上划着皮划艇的人类，一切都是如此井然有序。

驱车再往北的路边，有一条废弃的小船。原来这是店主特意摆出来的，海边店内正在售卖着刚刚被烹制好的大龙虾，我们毫不犹豫地购进了当日的晚餐。海边的风很猛烈，我坐在店主小木屋后门破旧的沙发上发呆，早已经被晒成棕色的皮肤在夕阳下更显深暗，那一刻，我好像完美地与大自然融为了一体。

被海豹群追赶的夜晚

新西兰具有相当完善的房车营地，南岛的游客比北岛多，路上随处可见大大小小的房车，经常会看到SUV拖着辆房车，或是轿车拖着辆房车。因为房车太大，小城市的街道比较窄，不方便开进去停车游览，所以人们就会外带一辆车，方便开进城市里玩。而被拖着的房车可以由任何具有宽大空间的车子改装，完全就是个有马达的家，想住哪里，就在哪里停下来，然后可以开着轿车随处玩。想想那些海边的豪华海景房，也不过如此，更何况房车可以随意把家安置在山顶、海边或是平原上。

南岛西海岸的海边人烟稀少，风急浪大。海上有很多冲浪爱好者点缀在其中，彩色的冲浪伞飘在空中，镶嵌在一幅美景中。远处浅蓝的天空，飘着一层白云拥抱着层层青山，绿色与黄色相间的小山丘，棕色的沙滩，一波波白色的海浪，曲折的海岸线内蓝色的海水，这画面简直像是一幅幻影。我望着这样的美景，向旁边的山坡攀登，那是一条去探访海豹的路。

我们观看的地方是个木质平台，下面的岩石上趴着很多只慵懒不堪的海豹，爸爸妈妈睡得正香，几只小海豹就商量好一起去出游。它们从一个岩石上笨拙地挪到另一个岩石上，我十分担心它们一个没站稳会滚下去。小海豹们好像玩起了捉迷藏，一只在前面走，两只在后面追，一会儿躲在岩石后，一会儿又缓缓地追逐。突然另一只又消失了，剩下的两只小海豹的头缓缓靠近，最终像是接了吻。看来我刚才是推测错了，它们不是在捉迷藏，而是有点早恋加三角关系。

很早就想知道如何分辨海豹的性别，也曾尝试在百度上搜索，却都没能得到答案。在这里当地人告诉我，分辨公母海豹关键是看脖子，公海豹的肉都长在脖子上，圆滚滚的，而母海豹的肉大多都长在肚子和屁股上。

我又拿镜头当起了望远镜，发现它们每一只都有一个颜色的标牌，

看来是做研究用的。在新西兰，其实有很多海滩都可以与海豹和企鹅进行亲密的接触，甚至可以近到十米的距离，近到它会去你家做客。2011年临近圣诞假期，在Bay Of Plenty（丰盛湾）有一只小海豹毫不客气地走进了主人家的客厅，并爬上沙发休息起来，看来是准备过圣诞、拆礼物的。

之前钓鱼落水的那位朋友Lee，一次在夜里和女朋友逛沙滩，逛着逛着突然发现朦胧的月光下，沙滩上有很多亮闪闪的灯光。他们好奇地跑近一看，居然是海豹群。这夜间的探访似乎是吓到了它们，其中几只海豹发起了攻击，朝他们这边追来，还有的海豹直着脖子在喊叫，他们撒腿就往回跑。据说，海豹看起来行动很笨拙，但真正跑起来，速度还是相当快的。幸运的是，海豹也许只是吓唬他们，看着他们已经跑出了自己的领土，便没有继续追。

没油，没信号，没路灯，没Wi-Fi，没车，没人

抵达Greymouth（格雷茅斯），海边的风已经大得待不住，虽然是夏天，但还是有些寒风刺骨的感觉，所以就在沙滩上跳着拍照取暖。回到市区，路边有个小朋友，应该属于黑人血统，头发是钢丝卷爆炸型，远看很像Will Smith儿子的样子，我们就开玩笑说，看这里风多大，小朋友的头发都被吹成那样儿了。逃离了海风，我们开到了内陆的Lake Brunner（布伦纳湖），和刚刚勇猛强悍的海岸相比，这有点像天堂的入口。平静的湖面没有一丝风，湖边没有一个人，火车站也没有来过车的迹象。

美丽的景色让拍照失去了挑战性，因为那惊人的美景抢夺了全部优质照片的缘由，闭着眼睛拍都是大师级别。突然，树林里走出一对情侣，手挽手走在湖边。那一定是段唯美的爱情故事，我甚至有了为他们去写一部爱情小说的冲动。湖面倒映出他们的身影，脚步协调得像是在走进婚姻的殿堂，然后互相爱护与包容，直到鲐背鹤发还始终牵手漫步于这个湖畔，继续着那最本真最淋漓的浪漫。直到他们渐渐走远，又一次消失在山林中，我们才舍得离开，继续赶路。

我们在LP上看到有家叫PiPi的披萨店，正好是在即将路过的小城Hokitika（霍基蒂卡）里，因为名字读起来像是“屁屁”，我们就开玩笑说去尝尝“屁屁”味道的披萨吧。因为导航仪总是小路控，到了南岛我们就没有再租了，反而继续用起纸质地图。从Lake Brunner开回西海岸的路上基本没车，我们就直接把车停在路上，看地图。没一会儿，突然从后视镜里看到，刚才给我们让路的油罐大卡车正朝这边高速驶来。由于我们是停在原地，巨大的卡车显得速度很快，眼看就到我们车后了，我们赶快手忙脚乱地挂挡，松手刹。这时的大卡车急忙踩刹车，巨大的惯性使得车头后面拖着的大油罐车身甩了出来，斜着阻断了对面的车道，对面正巧来了辆SUV，见状赶快驶上了路旁的草坪。这时我们的车已经开动，只觉得一阵强烈的内疚，见到一个小弯就拐进去自省了。

这真是一次危险的经历，由于我们的懒惰没有靠边停车，差点让其他两辆车对撞。按说公路和旁边的农地都会有一条小沟，边缘也会有铁丝围栏，但当时的路边正好是块未拦起来的宽敞草坪，算是万幸吧。

人们总是抱着想当然的态度，一条路都没一辆车，早已超过的大车开得那么慢，怎么可能追上来呢，停在路中间，看下地图也就需要用一两分钟。然而严重的后果都是出于这样的想当然，往往我们无奈地会在事后定义为这就是命，可难道这和我们的侥幸心理没有一点儿关系吗？侥幸，或许可以让我们成功，也或许让我们抱憾终生。

我们在一个小湖边自省后，小心地开到了Hokitika，享用了一番“屁屁”味的Pizza。小店的后院设计得很有情调，位置很独特，一开后门就是海边，而且走过去就是这座城市最有标志性的艺术品。那是用树枝搭成的小镇的名字，经常会在网上看到这个名字伴着各色背景的照片，拂晓时分、日照当头、余晖散漫……

这一天我们最大的挑战就是飞跃南阿尔卑斯山脉——新西兰的最高峰，海拔3700多米的库克山峰。当然我们挑战的只是心理，而技术挑战是人家飞行员的事。由于库克山终年积雪，周围形成了很多湖泊和冰川，进入Franz Josef Glacier（法兰兹·约瑟夫冰川）小镇市区的主街道，天高云淡，远处晶莹的雪山清晰可见。

我们和一对来自法国的情侣一起登上了直升机，这次的乘机显然和在Kaikour观鲸不同，因为我实在怀疑，小小的直升机真的可以飞过3700多米的山峰。我们被安排在前排，飞机很窄小，我被挤在中间，没有一点儿空隙。我戴上耳麦，飞机起飞。

直升机有个天然的功能，就是螺旋桨一转动，就自然有了气氛，这就和在Club里一样，一放音乐自然就High了。飞机一起飞就能强烈地感觉到飞机急速升高，几十秒的工夫已经离陆地很远了。前面是两座山中间的冰川，看起来偏蓝绿色的冰川像是被不小心洒入了染料，从容而艺术地镶嵌在岩石间。飞着飞着，我们开始距离一座山体很近，风很大，能感觉到飞机被风吹动。视觉上我们的飞机马上就要撞上山体了，而飞行员这时正好收到一条短信，他漫不经心地回了两句。突然我们的飞机开始上升，朝前面的山峰飞去，但感觉飞机爬得有些吃力。骤然之间，山体已经在脚下，我们甚至穿过了云层，置于云端之上了。告别一开始的云层，神奇景色映入我们的眼帘，众多被白雪覆盖的南阿尔卑斯山峰中间有一条巨大的山谷，那是冰河的遗迹。我一下回到了《魔戒》的故事中，魔都的大军正在其间行进，山峰上人类的烽火已经被点燃，我们必须尽快赶到Minas Tirith（米那斯提力斯）！

我们即将着陆于一座覆盖白雪的山峰上。距离雪面两米左右的时候，飞行员就已经打开他那面的舱门，一手控制，一手推着门，头和身子探出去，观察地形。几秒钟后安全降落，我们踩在了南阿尔卑斯山峰上，对面则是等一会儿要飞越的库克高峰。虽然是雪山，但在夏天一点儿也不冷——大家穿的都是夏天的衣服。我们在山顶拍照，对着大山转圈惊叹，高兴了就在山上腾空而跳，希望自己也能长出螺旋桨，或是拥有一只机器猫，发给我个竹蜻蜓。

飞机再度起飞，直线上升，我们继续穿过厚厚的云层。这次云层很厚，穿过的时候飞机在气流的作用下颠簸得很厉害。穿过云层，脚下是一片云海，前方即是被雪覆盖的库克山。飞机朝山顶开去，一下又一下地升高，擦着山顶飞过。

在小镇里除了乘坐飞机看冰川，飞越库克山，还可以在那里徒步。新西兰有3000多座冰川，可以攀登的只有Franz Josef Glacier（法兰兹·约瑟夫冰川） 和Fox Glacier（福克斯冰川）两座。最值得兴奋的是，这里还能找到学开飞机的短期课程，可以趁着旅游的时间，完成一下从小就有的做飞行员的心愿。

离开美丽的冰川，时间已经不早了，可我们还是没放弃去参观倒影湖。Lake Matheson（瑟森湖）因为被高山环绕，所以湖面如一面镜子，刚好可以映照出对面库克山和塔斯曼山的倒影。我们本想花一个半小时绕湖一圈，也成为别人镜头里的人物剪影，可天色已经渐暗，我们

mountainhelicopters.com

还需赶往已经预订好的酒店。

不管是用导航仪、手机导航软件，还是Google Maps，都查到这家星级酒店就在森林密布的高速公路旁边，从Lake Matheson到酒店大概需要1小时的路程。伴着夕阳和曲折蜿蜒的山路，我们朝目的地开去。那一路都是上行路，路边则是茂密的森林，别说酒店，就连住家和农场都没有。暮色四合，山路像是没了尽头，我们早已经过了酒店在导航里显示的位置。漆黑的深山老林里，曲折的山路中，只有我们一辆车。我拿出订单准备给酒店打电话过去，突然想起来在Haast附近手机是完全没有信号的，更不能联网求助，唯一能接收到的就是卫星信号。根据Google Maps显示，我们距离下一个小镇还有五六十公里，但山路曲折，越来越险，越来越高。山体挡住了月光，我们只得减速，小心地沿着中线可以反光的路标前进。我偷偷看了眼油表，心里“咯噔”一下，那里显示只剩区区三个格。这让我一下想起了当年在90里海滩旁山里的迷路，真是逃得过初一逃不过十五。而那座小山和南岛的崇山峻岭比，简直是小巫见大巫。我已经暗暗做好了要在山里过夜的心理准备，可这山路是越爬越高，没有一个可以停泊的地方。山里安静得只能听到发动机和我们肚子的叫声，山下隐约浑浑黑色一片，也不知道是湖泊还是深山谷。外面的温度也是急剧下降，不知道是太冷还是太害怕，我有点浑身发抖。我努力控制自己的身体，把双手压在大腿下，一句话不说地盯着油表。山路爬坡，油表针掉得很快，这时只剩下了两格。我们没有任何其他的选择，看着距离不是很远，便只能赌一把继续往前开，希望下了这座山，可以有一些村落，能找人打听下，或是直接敲开居民家的门，让他们收留我们这两个流浪儿。

终于，Google Maps上显示，我们马上就要开出山群，抵达海边了。要是能在海边度过夜晚，虽然有点冷，但应该也比荒山野岭要强得多吧。一个弯拐过来，深黑色的大海尽显眼前，即使关着车窗也可以听到海风在咆哮，大浪在翻滚。月亮被云雾包围，散发出一股毛骨悚然的弱光，微微地笼罩在远处的海面上。原来我们所在的只是海边的一座悬崖边，也只得伴着海浪咆哮继续前行，至少我们离Haast小镇越来越近，至少现在已经开始下山。开了二十来分钟，终于到了Haast，心里也放松了点儿，摸索着找到了这家本是在镇边，却定位到山里的酒店。此刻油表已经掉到了红线下。我们来到前台，玻璃上有一张写有我名字的字条，告知房间号码，并可以直接入住。我们按照房号找到房间，钥匙挂在房门上。推门进入，温馨的大床和柔和的灯光让我紧张的筋骨一下舒缓了下来。

此时的我们已经饿得前胸贴后背，便赶快把车上食物箱里的食粮搬到屋里。我们的存货还有一袋新西兰小包方便面、两个鸡蛋、一棵西蓝花和一包薯片。可今天订的是酒店，没有往日Motel里的厨房设施，于是我把所有的希望都寄托在房间里的电热水壶上。一切都在我靠近水壶的那一刻骤然化为乌有，因为新西兰有种热水壶是不能打开盖子的，只是有一个小小的灌水孔。于是，我只能继续出招，把酒店提供的水杯和刷牙杯都摆好，其中两个杯子泡面，另外两个泡西蓝花撒盐。我们把床当沙滩，找了张报纸铺在中间，就开始“野餐”。本还想用开水烫鸡蛋，可方便面加一棵西蓝花下肚，已经让疲倦了一天的我们有了困意。Haast一带都没有手机信号，所以就连刷刷微博的程序都省掉，直接进入梦乡了。

绝对24K金的沙滩

清晨，我们在镇子上唯一的加油站把车子喂得饱饱的，前往皇后镇。沿着山路开了20分钟左右，车子拐了一个弯便豁然开朗，一块小小的平原前是一个大湖泊，这时我们已经进入了多湖地带，每一处转弯都会是一幅截然不同的画面。我们在路边买了咖啡和甜品，隔着玻璃欣赏景色，远处雄峻峭丽的山峰还挂着晶莹的积雪，绿油油的草地鲜翠欲滴，再往前是一条冰川融化形成的小溪流，远处是Lake Wanaka（瓦纳卡湖）。突然间，正在欣赏的风景被一只较大的飞虫打破，它很霸气地像是在向我挑衅：这独美的景色只能由我独自享用！于是它就趴在窗子上迟迟没有离去。

我们沿着Lake Wanaka开，一个转弯又开进了山里。阳光洒在山谷里，没一会儿又一个转弯，前方的Lake Hawea（哈威亚湖）已经若隐若现。我们把车停到路旁可以歇息的地方，发现山下湖边是一片私人农场，岸边有一群牛羊在闲散地吃草，坡上的几头牛正在朝我们“哞哞”叫。湖岸居然是一个桃心状，深蓝色的湖面，绿色的草丛，浅色的蓝天，白色的云朵，棕绿相间的群山……这幅画面犹如梦境，已经让我有了弃车而逃、隐居于此的冲动。

来到Lake Wanaka的市中心，正好又赶上居民集市，我们买了大樱桃和大草莓，坐在湖边享受人生。湖中间有个木质的平台，供人们在游泳时休息所用。湖面上有皮划艇和水上自行车等丰富的水上运动，我突然觉得眼睛被什么晃到，晃得我不能睁开。这场景好像是在童话故事里出现过，某某小朋友去月球淘金子，满地都是金子，把他的脸映照成金色。而此刻，这和童话没有区别，沙子里满是金子。微微的波浪随风荡漾，我捧起一把沙子，而金子就混迹在其中闪闪发光。我努力地淘金，先是让手沾满一层湿湿的沙土，然后在太阳下晒干，等沙土全干后，一掸手就会自然落下，而粘在手上的是满满的小金片。我喜出望外地拍照，可金子晃得镜头拍出的只是光点，我又对着沙滩拍，光闪闪的金子在沙土和微浪中清晰可见。

躺在金子上晒太阳，我在想，金子和太阳哪个更亮一点儿呢？

皇后镇一如既往地美。可著名的旅游城市总是多了一些刻意，路边的很多商店都挂出了“新年快乐”的中文字样，以博中国游客一喜，便可以吸引他们在里面展开一番购物了。

这里是冒险的天堂。跳伞、滑翔、热气球、喷气艇……应有尽有。而我们却选择了逃离喧嚣，在地图上找到了一个小湖，朝那里开去。通往那里的是一条细小狭长的公路，路的尽头是高山，山前云雾缭绕，像是用毛笔画出来的一般。我们把车靠边停下拍照，太阳一下子晒得我灿烂起来，便开始脱掉长裤，穿着短裤。美景中我就这么不雅地在路间脱掉裤子，因为我觉得这里就是我的地盘，可以供我放纵不羁一番。

开到山脚下，一个转弯我们便拐到了湖边，一幅仙境般的画面浮现眼前，我真的怀疑刚才那条狭长的公路，就是所谓的通向世外桃源之路。我们沿着湖边肆意地开，蜿蜒的公路把我们带到一片树林前。这又让我想起了格林童话，穿过这片树林，那将是另外一个世界，住着各路神仙的仙境。于是，我们停好车，穿过小树林。画面居然如我想象一般，那是另一片如镜子般的湖面，映出山林，湖面漂着几只彩色的皮划艇，空荡的回音中听到远处人们的欢声笑语。

我们吃了路边三文鱼农场新鲜的三文鱼，邂逅了路边胆小的野兔

子，来到了著名的观星小镇Lake Tekapo。白天这里的湖水呈现出透亮的翠绿，因为湖底沉淀着特殊的火山灰和独有的青绿色岩石，整个湖面展示出一番迷蒙的梦幻景象。远处圣洁的雪山倒映其中，山影碧波，气象万千，景色摄人魂魄。

离开Lake Tekapo，我们一路开往基督城。因为这一天，是那里大地震两周的纪念日，我们要同那里的人们一起悼念逝者。这条路在平坦的坎特伯雷平原之上，笔直得像是把长尺，即使如此也不用担心犯困，因为在各条公路上都会有很多创意路牌，时刻提醒司机小心开车。图案可爱，文字新颖，令人忍俊不禁。除此以外，路上的风景变化万千，恨不得再长出一对眼睛来一起看。

还没开到市区，就看到远处有一股龙卷风。早听说过有很多人专门开车追龙卷风，我也想着要去试试，正在假想后果的那一刻，又觉得那好像有点不太像。好奇心让我们转了方向盘，车子朝疑似龙卷风开去。

接近龙卷风的地方已经没了太阳，风柱已经和云层合为一体。沿着小路继续开，终于找到了源头，原来在坎特伯雷平原上有人正在烧荒草。黄黄的草地上火苗正在燃烧着，这时又开来一辆红色的轿车，急急地围着看了看就开走了。我们猜想他可能是去向政府报告了。本是蓝蓝的天空，居然被这些升起的烟雾笼罩，就连太阳都无处可见，想必这样的行为是政府不允许的吧。

人们都说新西兰是世界上最后一片净土，那这家农场主真的不为此感到骄傲，而要去破坏自己的美丽家园吗？

进入市中心，我们的心情一下沉重起来。路边很多建筑都在拆除中，到处挂有施工的牌子，曾经古朴的教堂和建筑物震后破碎的玻璃仍

未修补，塔尖上的基督十字架已经几乎折断，还有一座建筑物玻璃破碎着，却挂着正在出租的牌子。

中心区人们在怀念逝者，遇难人数最多的建筑物已经被夷为平地，被铁栅栏门拦着。门上是人们给逝者们的留言，我读着读着，眼前已经模糊。

（其中一条留言）

Andrew,（安德鲁，）

2 years on and still the pain of missing you goes on.（2年来，我们依旧在饱受思念你的苦楚。）

Miss your cheeky grin, your ad-lib one liners, that were truly effective, your 1 word texts that we know what your plans were.（想念你的坏笑，你即兴的俏皮话，这些都历历在目，你的一字一句我们都知道意味着什么。）

Wish you were have with us.（愿你与我们同在。）

Love Mum（爱你的妈妈）

之后，我们来到了基督城大教堂，这里恢复了震后遗址的参观。已经开始被拆除的大教堂前废墟一片，被铁丝网拦起来。余晖洒在教堂的砖壁上，一阵冷风吹过，从里面飞出了很多鸟儿，升起一丝凄凉，想必那里已经成了它们的家。

经过了几十年建造的教堂，一瞬间就被毫不留情地结束了生命。大自然的力量大得让人惧怕，而它却又带给人们很多不可思议的震撼之美。

其实任何事都一样，我们得到了多少幸福，就同样要去承载多少

痛苦。

改变，小到一抹微笑，大到整个人生

又要离开新西兰，有几分不舍，便来到市中心看看。走到奥克兰最大的十字路口，突然看到那张王菲曾拍照的长木椅，我也赶紧坐下来，山寨了一张。回想起当年让我接触到西方文化的酒吧碰到她的场景，那一刻谁又能想到我会来到新西兰，坐她坐过的木椅呢？其实，世界很小，很微妙。

临走前的下午，我们去了我家的房子，去探望从未会过面的房客，给他们送上了从中国带来的小礼物，然后到最近的海边。没想到Buckland Beach的夏天是那么一番欣欣向荣的景象，游艇、皮划艇、海

在王菲坐过的椅子上发发呆。

边钓鱼、海上摩托，人们正在享受这个季节，无论是不是周末。

岸边两只海鸟正在经历异常激烈的争斗，你争我抢地想要得到中间那条鱼，白色的海鸟使劲地叫，召唤其他的同伴，可却没见有来帮忙的。黑色的海鸟很厉害，一直叼着鱼走，白鸟就一直给它捣乱。它们从烈日炎炎争到黄昏，从黄昏争到日落，从日落争到暮色时分，也未能争出什么结果。

那条鱼就像是万恶的物质，让人们耗费一生的时间去追寻。我们为何不用那曼妙的时间去换一些有趣的经历，去铸造自己的心灵呢？

我们不得不承认，当下人的内心甚是孤贫悲寂，因此微博、微信那样的软件便有了市场。而精神富有也不仅仅只是博学多才，懂得人情世故，而是内心中充满了喜乐，并可以自然地传达出来，带给周围的人。

关于新西兰，这长长的有关发呆的养成记，我给他讲了3年，从咖啡厅讲到餐厅，从清晨讲到傍晚，从北半球讲到了南半球。当我转头要向他宣讲结束语的时候，发现他也已经沉溺在遗物忘形的发呆中了。

我想，我是成功地赢了这场有关发呆的辩论。

我不知道你的理想是什么。但我笃定人人都想要拥有一段精彩的人生历程和旅程。然而，那些以数字计算的贴在本子上的登机牌，那标在网络上的所经过的位置，都与此无关。与此有关的是在我们走过的路上、见过的人中、拥有的那些经历里，我们的内心得到了多少真正的改变。

小到一抹微笑，大到整个人生。

你绝对不知道的新西兰

在新西兰，看Show Girl（脱衣舞）是合法的，门票约20新西兰元一张，女观众可以看Show Girl和Show Boy，但男观众只能看Show Girl。

在新西兰，任何公司组织罢工，需要事先申请，最常见的就是巴士司机罢工，日期和时间会有提前的通知，以便大家为出行做好安排。

在新西兰，任何集体消费都是AA，而且是让收银员算好后，排着队一个人一个人地分别付款。

在新西兰，当地人数学都很差，两位数字的相加也经常要使用计算器。数钱的时候更是一张一张地点，十张一摞，然后再把几摞相加，得出总数。

在新西兰，香港人和广东人很多，渐渐地不会说广东话的也学会了，基本都能听懂，会了广东话更好找工作。那里还有许多广东餐馆，周末中国人一起去吃早茶聚会也是一道风景线。

在新西兰，酸奶很稠，所以大家通常会问“吃酸奶吗？”而不是“喝酸奶吗？”

在新西兰，社区服务是很多较轻违法行为的惩罚方式，尤其是无法支付罚金的时候。

在新西兰，面包吃不了，就随意地扔在路边，留给海鸟来吃。

在新西兰，当地人喜欢光着脚在路上走，累了就随便坐在马路边，从不会垫报纸。更有甚者，困了还会躺在石台上睡一觉。

在新西兰，超市或小卖部都可以用刷卡机Cash Out（提现），每个地方规定的最大金额不同。

在新西兰，水龙头里面的冷水可以直接喝，但热水不行，因为多数的热水罐都不是按照饮水标准设计的。

在新西兰，市话费只需要交月租，拨打座机电话不计费。

在新西兰，纸币是塑料的。一次把钱洗了一阵担心，打开洗衣机后，钱完好无损。

在新西兰，人们不喜欢打伞，小雨淋着，中雨快跑，大雨避会儿，因为下雨时会有风，即使打也挡不住。习惯打伞的人也有，只会使用一折的大伞，因为三折的便携伞，没两分钟就会被风刮坏。

在新西兰，下雨都不收衣服，因为当地人认为，那是又洗了一遍。

在新西兰，父母一般都不帮助带小孩，反而常见的是男人全职在家带小孩，场景很温馨。

在新西兰，把14岁以下的小孩单独留在家里就触犯了法律。当地人钟爱管闲事，一旦发现会立即报警。

在新西兰，给国内的朋友买礼物是个头大的事情，因为很多东西都是Made in China。

在新西兰，公交车上没有售票员，大家都是排队上车，一一向司机交钱。下车前，需要拉停车绳或按钮，以保证提醒司机下个站点需要停车，否则如果站台没有人上车，车子就会直接开过去。

在新西兰，亚洲人因为身材比较娇小，很难买到合适的裤子，但却可以买到合适的童装。

在新西兰，圣诞节都会互相送小礼物或贺卡，从不用担心礼物太轻而拿不出手。

在新西兰，如果需要坐出租车，需要提前打电话预订。

在新西兰，一个人21岁的生日那天会举行成人礼，当地人都很重视这一天。

在新西兰，公共场所不允许吸烟喝酒。

在新西兰，允许喝一瓶啤酒后开车上路。

在新西兰，大部分路上是没有自行车道的，自行车属于运动器材，而不是交通工具。这个我在“找你妹”的游戏里经常点错。

在新西兰，基本没有地下铁和地下通道。

在新西兰，烘干机被普遍使用，但常常会把衣服烘成了童装。

在新西兰，黄瓜都是很粗的那种。一次有个中国人在路边卖自己种的细黄瓜，我买了一箱，每天都吃，和家人视频的时候，妈妈说：“几天不见，脸变绿了。”

在新西兰，很多银行周末都不开门，只有购物中心或市中心的银行会开个一天半天。

在新西兰，人们很热衷于去做义工。这样的行为很被看重，就连找工作、申请学校，也是重要的录取因素之一。

在新西兰，除了《魔戒》和《霍比特人》电影系列在此拍摄外，这里也是《纳尼亚传奇》的取景地。

在新西兰，钓鱼和捞螃蟹，都有尺寸大小的规定，小于所规定的尺寸，就必须放回大海。

在新西兰，汉堡王里有一种汉堡叫Hawaii Chicken（夏威夷鸡），深受吃货欢迎。里面是鲜嫩的鸡肉配上新鲜的菠萝片，因为是长条的形状，经常是让工作人员切开，闺蜜或情侣可以共享。

在新西兰，橄榄球很出名，就连新西兰航空飞机的机身都是All Black的涂装。

在新西兰，政府不允许有裸露的土地。

在新西兰，吃水果蔬菜都是随便涮涮就入口了，甚至有的都是直接吃。

在新西兰，很多城市都有坡路，如果不把牛仔裤后面的裤边挽起来，很快就会被磨烂。所以挽起裤边并不代表时尚，而是节俭。

在新西兰，小学生没有暑假作业。

在新西兰，很难通过穿着分辨出季节。当地人冬天穿吊带和短裤，夏天穿羊毛靴戴毛帽子，并不是稀奇的事。

在新西兰，上车必须系安全带，即使是后排也如此，一旦被逮到没系安全带就要收到150新西兰元的罚单，约合人民币750元。

在新西兰，开车是右舵，在路左边行驶，刚刚来到这里的人，常常本是坐车，却开了司机方向的门，最后只得装成那是在体现绅士风度。

在新西兰，坐公共汽车需要看时间表，但它不一定按时到。

在新西兰，卖酒必须持有酒牌。如果遇到醉酒者，店主必须提供免费的茶水和小吃。

在新西兰，汽车后面的拖车钩被普遍使用，街上常常看到汽车拖着房子、迷你咖啡屋、游艇，甚至马房等。

在新西兰，公交车上是禁止吃东西与喝饮料的。

在新西兰，超市买菜不用提前称重量，每个收银台都是一台秤。

在新西兰，整个国家都没有蛇，带蛇入境和养蛇都属违法行为。

在新西兰，住Motel离店时，直接把钥匙投入Key Box就可以走了。租完车，还车时也是如此，都不需要Check Out。